多年來，阿料生命中總有魚群穿梭，
是夢魚的夢，是魚夢的魚，
像魚一樣，
他提起筆，寫下這些魚故事——

這一躍，這條魚就維持這樣的姿勢一輩子跳在阿料的心頭。

整個人被一群銀光小魚刺穿，感覺身體和生命瞬間變得透明……

小于一直揹著那只魚背包……將背包上的魚頭整個吞下自己的頭部。
──〈小于〉

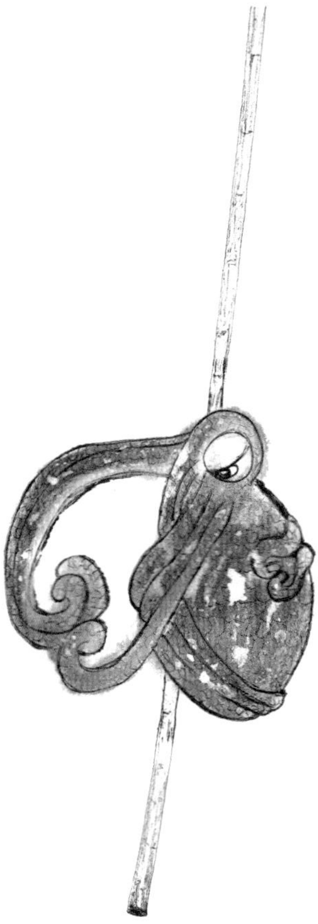

手腳並用緊緊抱住桿尾的桃花章魚。

——〈桃花〉

房裡碎波漣漣，一橫淺灘橫在入口處，一片深遠汪洋打破了房間四壁。
——〈灰斑〉

他浮在客廳天花板上，栩栩如生，游來游去。

——〈標本〉

五層樓高的班基拉魚形大飯店。

——〈瓦大尾〉

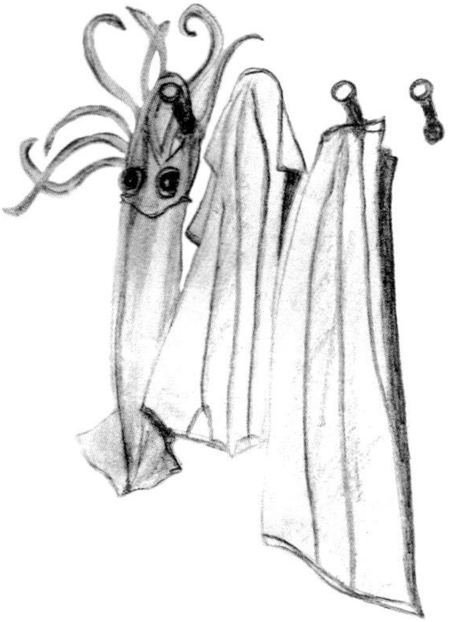

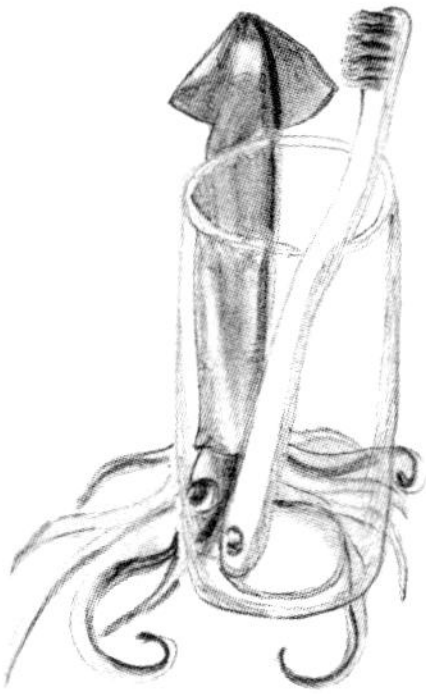

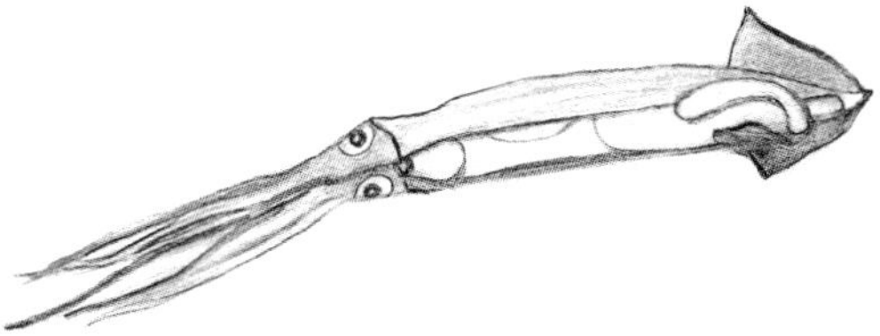

滲進房子裡後，他們善於擬態偽裝，動也不動。

——〈史拜〉

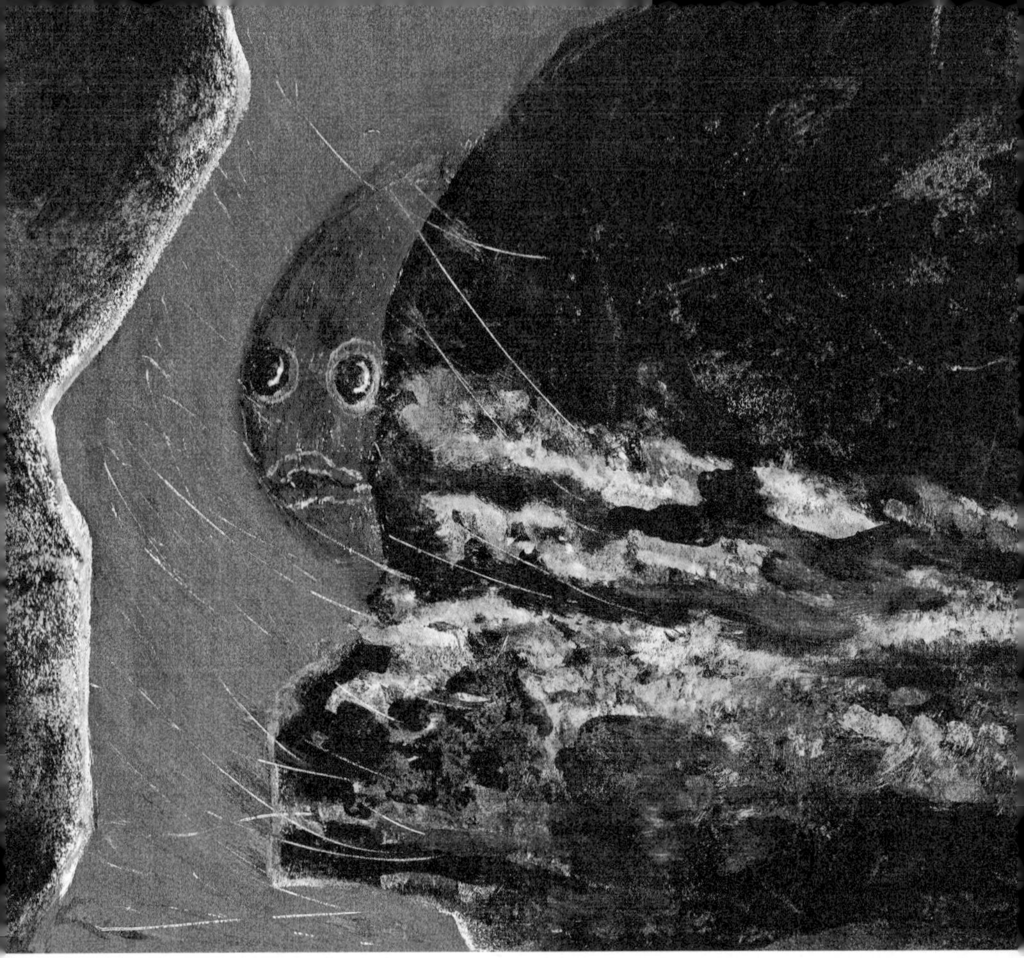

黑色礁壁孤立如一堵寂寞的牆角，紅衣大魚就停在那兒。

——〈赤那鼻〉

我伸手撫摸了這條神態像在撒嬌的喵魚。

——〈喵〉

我將仆落到另一片無比寬敞的世界裡。

——〈阿落〉

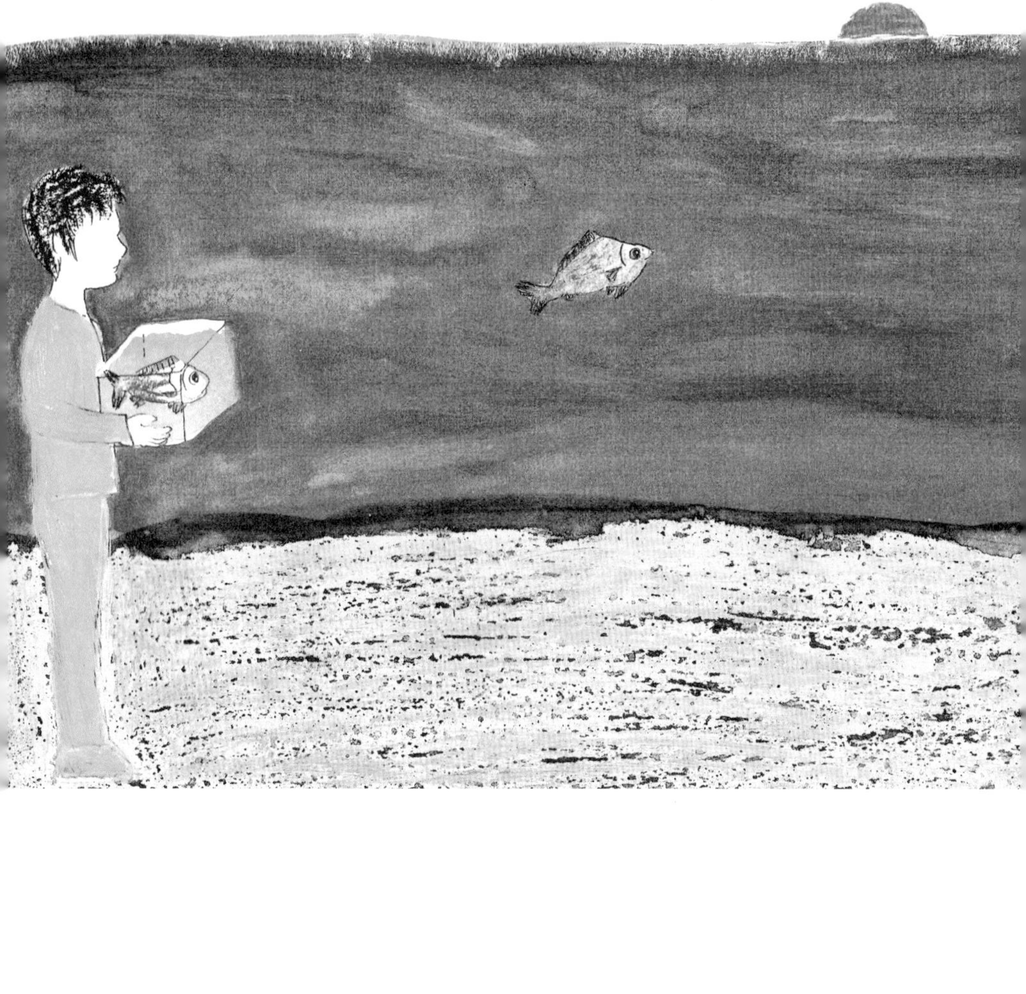

想不到，他的愛侶就這樣頭也不回地走了。

——〈雙魚〉

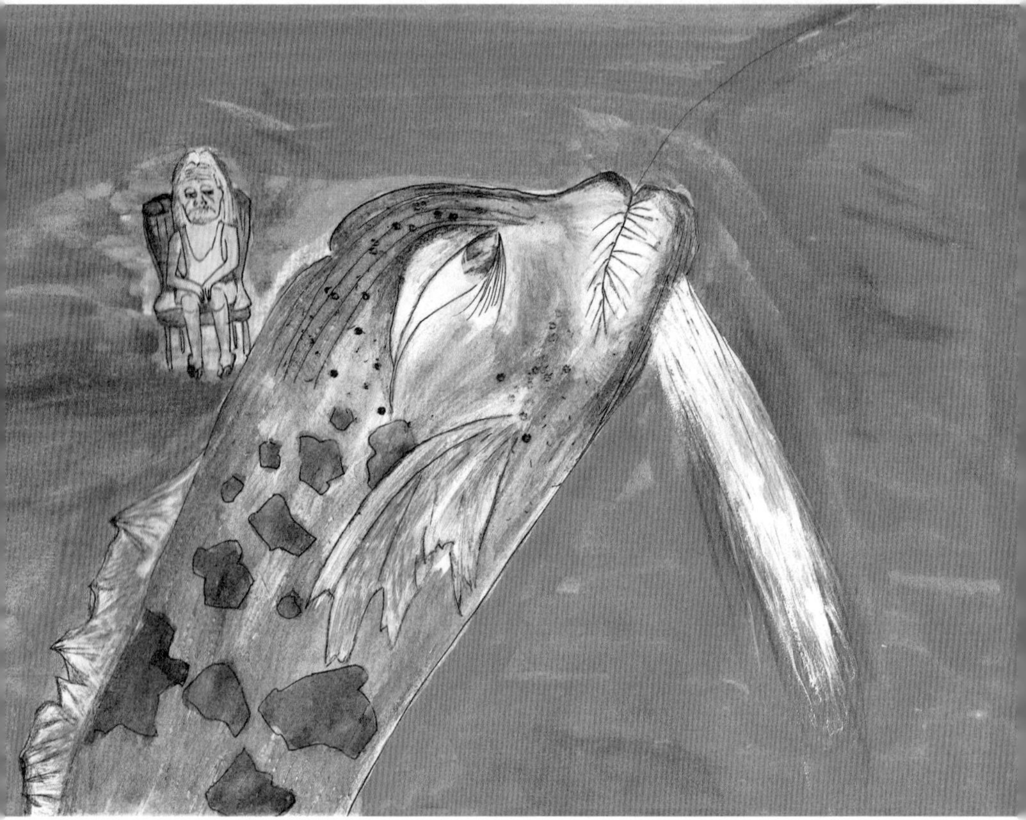

從來沒釣過也沒看過這種老態龍鍾的魚。

——〈倍光〉

你們開始在意，過去不曾在意過的容貌和行為。

——〈分別〉

飛魚回到崖下海域，跟崖壁上的百合招呼。
——〈春來了〉

韌命而且認命，他們在這裡找到了好好活下去的平衡點。

——〈半生〉

走近步道護欄邊，這條魚竟然也轉過頭來。

——〈宰里〉

灰色鬼頭刀體型縮小許多，全身灰黑，體長約十公分大小。

──〈阿才〉

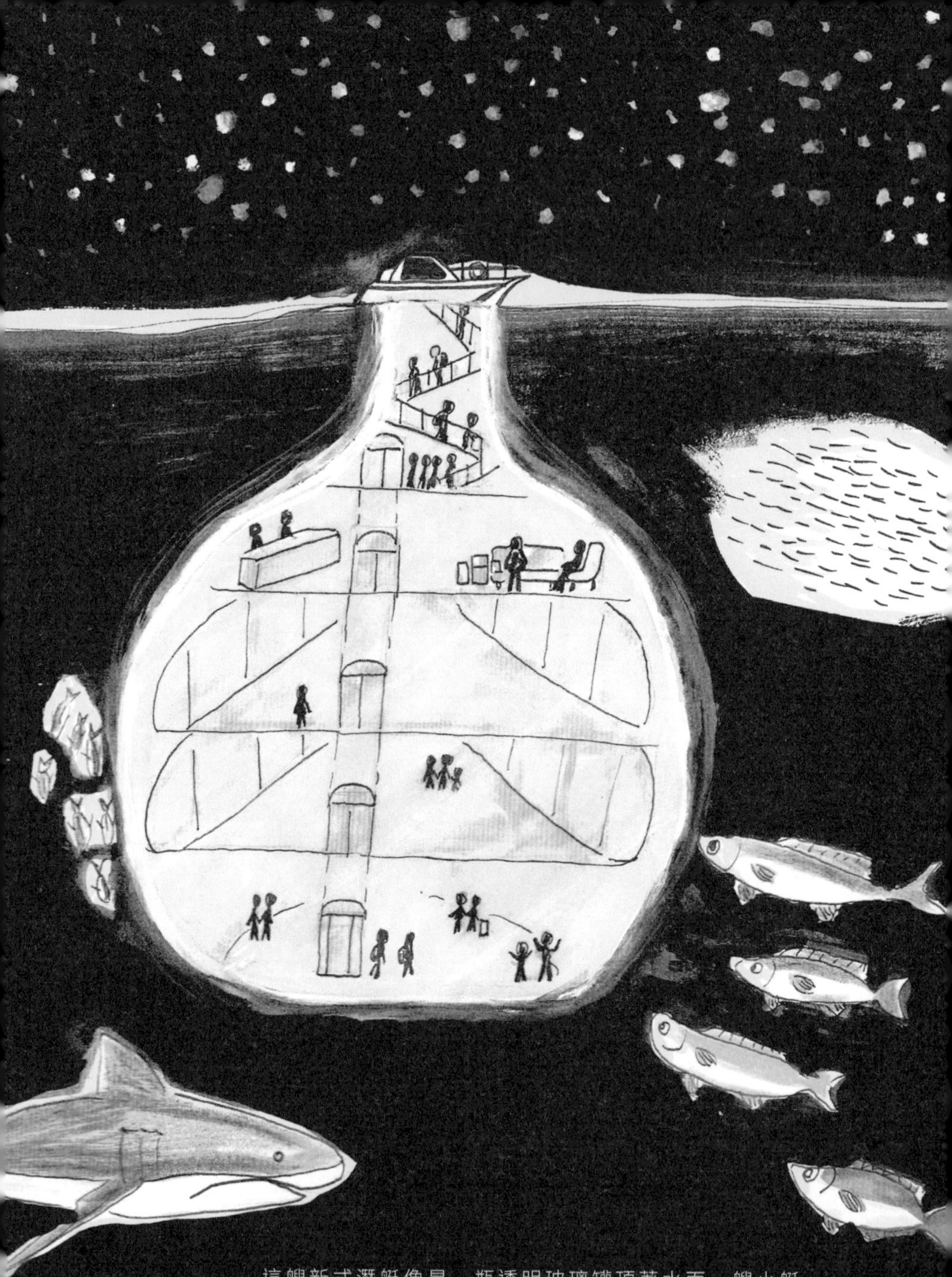

這艘新式潛艇像是一瓶透明玻璃罐頂著水面一艘小艇。

——〈研討會〉

這條魚似乎對你戴在無名指上的戒指感興趣。

——〈食戒〉

你們頭頂是一大片湧動不息的大鏡子。

——〈大家一起來上學〉

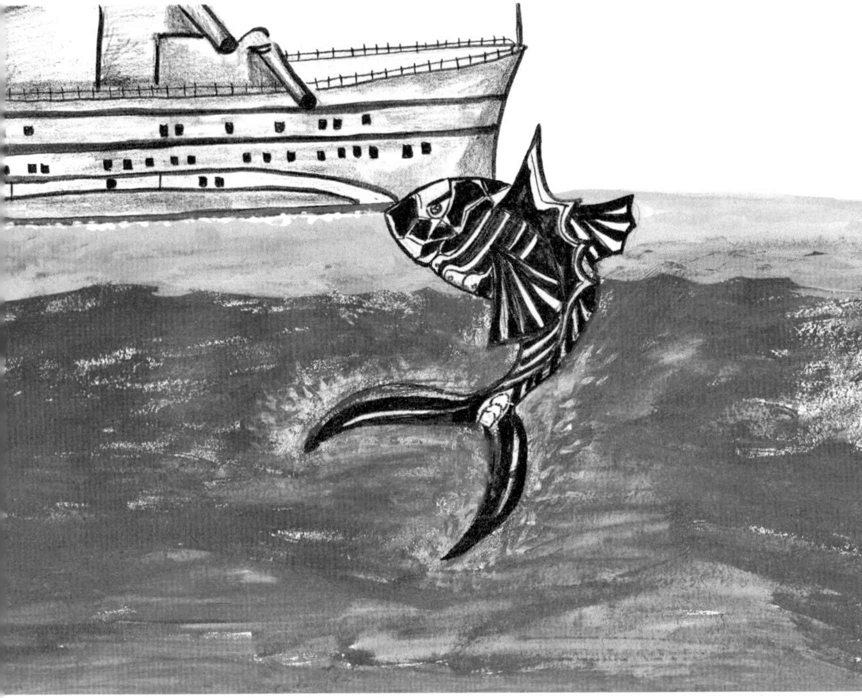

為了防止魚族攻擊，所有船舶紛紛將船殼增厚，將船舷升高。

——〈海陸之間〉

魚夢魚

阿料的魚故事

推薦序

魚思夢想——廖鴻基《魚夢魚：阿料的魚故事》

國立中正大學中文系教授
蕭義玲

一九九九年《來自深海》的〈走不完的海灘路〉一文中，廖鴻基曾追憶其進入海洋，且成為海洋文學作家的關鍵時刻：一次三天三夜海灘的孤獨行走，至黎明行至一處斷崖邊，風暴將臨，穿著雨衣的他只能如一顆化石蹲踞沙灘。眼前黑雲堆湧，一道傾斜光束裂出，沿著海面一圈亮白看去，魚鰭密密湧動如爭食世間的光。頃刻雨水挾帶沙粒傾洩，光圈收束，風雨狂暴撕扯雨衣，昏天暗地浪聲震撼中，他聽到了海洋呼喚：「來我的懷裡，當一條魚。」

時而平靜時而兇猛的海洋，從第一本創作《討海人》（一九九六年）迄今，或尋魚、識魚、捕魚、護魚，乃至吃魚，最終寫魚，廖鴻基到海洋當一條魚的旅程，已有二十餘年。腳跡船痕，魚與漁，早已成為廖鴻基導引讀者進入深海的路徑。然而這本自二〇二二年時間深海拍打上岸的魚書，較之以往更有不同：廖鴻基化身為說故事的「阿料」，為我們訴說一隻隻悠游奇幻的魚故事，他們現形於眼睛視覺之外的月光夢海，既實且虛、既虛且實。當床帆揚展，從出發到回返，廖鴻基囑其夥伴「阿料」一一訴說航程點滴並點數魚隻，伴著人生逆旅的水聲潺潺，阿料數算至五十二，一本帶著神話傳奇色彩的《魚夢魚：阿料的魚故事》，在黎明夢醒之際誕生了。

以夢航行的魚

廖鴻基自《討海人》後的魚隻書寫，向來帶著突圍客觀知識魚譜的意圖，每每藉由人與魚的多重互動，來發現魚的嶄新形象，以展演海洋生態景觀。至二〇二二年的《魚夢魚：阿料的魚故事》，雖說廖鴻基仍延續著人與魚、海與陸的關係展開書寫，但較之「以船航行」，這本「以夢航行」的小說，從魚的形象、海的氣質，乃至於書寫風格，皆與作家過往創作截然不同。或先讓我們說說，什麼是「以夢航行」？

如心理學家榮格（C.G Jung）所說，人的成熟有賴於對潛意識的認識與接納。而這種認識與接納，必須透過夢，及夢中的象徵取得。因為每一個夢，都在為做夢者進行意識與潛意識的溝通，因此我們可以說，《魚夢魚》中的五十二場魚事件，便是溝通作家意識與潛意識的雷達，特別的是，雷達裝設地是海洋。隨著海洋湧動，那些游向「床舷」的魚隻，便如雷達所發出的訊號，以各種象徵，導引做夢者超越實在界，從意識的陸地深入潛意識的海洋。而當做夢者接收到了，從「廖鴻基」到「阿料」，從「阿料」到「魚故事」，便是一段從做夢、說夢到寫夢的歷程了。那麼透過魚夢，廖鴻基說出怎樣的故事？

水的流向：人魚變形

《魚夢魚》雖然收藏了五十二個魚故事，但因為他們分別被分派到如水流分支的〈小于〉〈小魚的諧音〉、〈來去〉、〈流落〉與〈回來〉四節中，我們可以水紋流布為小說結構，探勘夢的質地。

〈小于〉是具有故事總綱功能的領頭序篇：小學五年級的阿料班上轉來了一位新同學「小于」，他始終揹著一只魚背包，就像一條活生生的魚趴在他的背上。阿料忍不住好奇偷偷跟蹤他，一天在河口處，看到小于將背包往前拉至胸前，身子一縮俐落躲進魚身，便成了一隻直立在泥灘的魚，再一躍，從河口快速游向大海了。故事發展線索來看，顯然推動情節發展的關鍵元素便是「魚背包」，它一如遠古神話下的原始思維，以海與陸、文明與自然、生存與歸向的發問與動能，導引廖鴻基從陸地走入海洋世界。

接下來的〈來去〉、〈流落〉則與廖鴻基長期以來的海洋行旅與書寫相呼應：揹著魚背包的小于感覺到河口的異味因為汙染愈來愈濃了，為了保持河口流向海洋的暢通，也為了磨練來去自如的能力，他得更頻繁地在海陸之間穿梭與流浪。而〈流落〉便是小于體認到自己必須承擔起尋找岸上受困同類（如小虞、小餘、小余等等）的任務。最後是生命回到源頭的〈回來〉：小于找到了小虞，並且把她帶回河口，翻起了魚背包，一起潛下水面。當進入水面的小虞變成一條魚，在吃與被吃的生死流轉中，小虞終於超脫岸上思維，以海洋永恆的生成與變化，體悟到自然生態的真理法則。可想而知，看完五十二則魚夢，闔上書本，故事之外，另一輪敘事時間將被重新啟動，因為小虞已經變成下一位在海陸間穿梭，尋找同類的小于了。

從水流般的書寫結構看阿料魚故事，可以發現每股水流分支，都擁有一個「魚背包」；或者反過來說，「魚背包」便是人類原始的心靈力量，回應著水的流動本質。因為「魚背包」，廖鴻基才能說出五十二個人魚變形的奇幻故事，奇幻所在，一一成為偵測心靈的雷達。以下讓我們隨流水打開幾只魚背包，自由觀覽阿料魚夢的心靈景觀。

魚背包下的夢與海洋

較之過往以視覺眼睛主導的海洋書寫，在夢想的創造力中，《魚夢魚》的魚故事，更具有以魚身直接展演心靈，並泯除魚我二分之表現活力。如〈倔伯〉所以較其他漁人更容易捕獲苦鯛，是因為他懂得將魚餌先放進甜酒浸泡，因為苦命人如苦命魚，都需要一點甜味與酒精；〈雙魚〉中，恩愛的豔紅雙魚被拆散，獨留的一隻迅速變得蒼老，但當他療癒了情傷身體回復豔紅，放回海裡，很快就會叼一隻新的魚回來。隨著全球新冠肺炎爆發，〈魚王〉中亦有一隻用以毒攻毒來治癒「輕冠肺炎」的魚王；更不要說魚背包中還有狗鯊與喵魚；而人、魚、海的相互感應與推移，便是在人世邊際的〈邊角〉，創造出一個如夢似幻，浦島太郎般的村落與生活。

可見隨著潛意識語言湧動，海與陸的疆界、人與魚的物類二分，乃至物類的大小形狀都被打破，相應的，故事的聲色光影亦不同。然而魚背包故事種種，我特別偏愛那些被施以時間幻術的故事。如〈灰斑〉，家人的離去後，灰塵日日積累成深海底床，極靜寂靜的不知不覺中，有幾隻灰斑魚游於淺灘，一個獨居的人行於其間。〈標本〉則是一場死生轉化的演出：阿料為一隻如熱帶叢林斑斕般的鳳蝶魚製作標本，先在庭院外剔除骨肉，留下外皮，一週後有螞蟻幫忙盡除魚肉，標本完成，再從戶外移至室內客廳櫃上，投影打光之下栩栩如生，便在旁邊再種植一盆合果芋，合果芋遇水盎然生長，魚眼珠竟有了神采，再不久魚不見了，原來他正在客廳天花板游來游去；至於〈春來了〉，當抵禦了海流的飛魚，奮力地躍向岩壁那朵獨一無二的百合，飛魚百合交會一瞬，宇宙天地間一場不可能的愛戀發生了。雖然風向一轉，飛魚仍要沉落海面，百合也將枯萎。

女兒的畫筆，父親的魚夢

閱讀五十二則魚故事，也如獲得一只魚背包，突圍了現實時空的藩籬，在阿料或輕盈、幻設、詼諧與諷諭的敘事語調中，游到那方如夢似幻的故事之海中，發現魚即是人，人的一生便是魚的一生。然而整本書中，還有一個未被編號的魚背包，在月光夢海發出曖曖光芒，因純真美麗而引人注目。那是女兒Olbee涉過情感之河，去回應父親魚一般的心情。當魚的變形、解體、附形與離形一一被縮放到Olbee的繽紛色彩與線條表情下，摺摺波痕與層層礁塊中，父親的魚夢靜靜棲息。

多美啊。歡迎來看來聽阿料的魚故事。

自序

一路走來

不少朋友對於阿料為什麼那麼喜歡魚，甚至還因而下海當漁夫，很有「意見」。阿料是這麼認為：「喜歡看魚、喜歡抓魚、喜歡吃魚，都不互相違背，也都是食物鏈高層的基本天性。」

想起小時候，放學後書包一丟，阿料就是提著竹簍子到附近的小圳溝裡「摸魚」。他小時候走在路上，眼睛時常放在路邊的田溝裡，若是發現出來納涼的泥鰍、土虱或鯽仔魚，阿料會立刻停下腳步，像一隻發現獵物的貓，伏著身子，躡手躡腳地悄悄接近河邊，同時，腦子裡盤算著如何進一步來伏襲獵物。儘管這幾種魚都不容易徒手捕獲，但阿料還是會因為這樣的伏襲想像而額頭冒汗、心情激動。

小時候有次清晨，阿料陪阿媽到北濱海邊看日出，那天風平浪靜，天亮後不久，阿料看見一條青藍色透明背鰭在浪緣款款擺動，看仔細了竟然是一條游近岸邊約兩尺長的魚。發現這條大膽的魚，「啊！啊！怎麼可以這樣！」阿料心中默喊兩聲，迅即蹲伏下來，眼睛盯緊魚鰭，悄悄伸手探摸身邊卵礫，心跳砰然，心中沙盤推演，如何以迅雷不及掩耳的飛快爆發力擲石突襲這條大魚。

青春時期年輕氣盛，阿料心中常有顛簸，他會來到海邊尋找平衡。有次與他相距不過兩公尺海面，忽然破浪跳出一條約一公尺長的大魚。儘管只是驚嘆號似地倉促一躍，但這條魚就維持這樣的姿勢，一輩子跳在阿料的心頭。

阿料下海捕魚後才曉得，捕魚能力是一種漫長的累進過程。從潮間帶而近海而遠洋，從原始粗獷的個體漁獵行為，一步步走到精密的團體漁業規模，每一步都在累積經驗和智慧，也都在開創。人類用了數千年的時間才學會開船下海捕魚。

阿料年輕時，有次走在海邊，那天浪大，忽然間一群小魚隨著拍岸碎浪衝上岸來，成群擱淺，成群翻跳在阿料腳邊。魚和人的關係，確實源遠流長，魚一直陪伴在我們身邊，甚至幫助過人類祖先度過生存環境嚴苛的冰河時期。當陸地上凍成一片冰天雪地不易獲取食物時，幸好還有潮間帶和河口的魚蝦蟹貝，提供人類存活下來的基本食物需求。

後來，阿料從人類學書中讀到，人類也是因為從艱困的荒野狩獵，直到發展出較為容易填飽肚子的濱海漁撈能力，才得到餘暇空檔來發展漁獵以外的其它文明。

每個人的一輩子，生活中的每個片段，都在形塑及累積自己這一生的生命型樣。阿料年輕時曾經因為生活遭遇了一些挫折，為了排解鬱悶，他很長一段日子在海邊流浪。有天傍晚，風雨欲來，烏雲滿天，一副末世絕望的景象橫在他眼前。心情苦悶吧，面對即將來襲的風暴，阿料不打算逃躲，他從背包裡拿出雨衣穿上，想說就蹲伏在灘上承接這場風暴。沒想到就這一刻，他眼前海面上一片湧滾的烏雲忽然裂出一道縫隙，一束斜光，從低空雲縫中照射下來，探照燈一樣圈照在岸緣海面上，仿若烏天暗地裡乍現了一道救贖的光。阿料抬頭望去，意外看見光圈照住的海面，魚鰭密密浮沉穿梭。

回想起來，這些「魚事件」似乎都是引示，一步步帶引著阿料走向與魚與海一輩子的因緣際會。

可以這麼說，阿料是這座島上少數懂得看魚、懂得吃魚，也懂得如何抓魚的人。

有一次，阿料在海底礁縫間浮潛，忽然間，一群銀亮小魚不知何故莽撞地衝了起來。密密麻麻，那可是一群數萬條的小魚一起飛速向他衝奔而來。阿料驚覺眼前一團銀光迷濛，本能反應即刻立起身子，屈起單膝，雙掌張開，手臂前擋，想說多少禦擋住一些向他「奔襲而來的散彈」。但都來不及了，銀亮魚群流光般穿過阿料的指縫，梳過他隨流漂舞的髮際，成群滑過蛙鏡，穿越他的臉側、頸間、腋下和胯下，儘管沒有任何一條魚撞及他的身子，但他覺得，整個人被一團銀光刺穿，感覺身體和生命瞬間變得透明。從此，魚兒進入阿料的生命脈流，陪他一起呼吸，一起生活。

考古學者在全球各地發現貝塚；魚在三千多年前已游進甲骨文中，游進中文象形文字的源頭；幾乎所有的人類文明中都不難發現「魚文化」，包括魚幣、魚圖案、魚紋、魚裝飾和魚故事等等。一路走來，魚一直陪伴著人們，甚至好幾次改變了人類的歷史。阿料也是，他的確是因為魚而改變了生命走向。應該這麼說，他是受到魚和漁的許多恩惠，而且是從生存、生活到生命，全方位受到魚的影響。

阿料下海捕魚不久，就覺得應該為魚、為海寫一些文章，沒料到就這樣因緣際會成為作家。除了親身漁撈經驗，阿料也時常夢見魚。

成為作家許多年後，阿料又想，應該為他生命脈流意象中或夢中繽紛多樣的魚，寫一本魚和漁的故事。

像是養在阿料腦池子裡的魚，他一天撈出一條來觀察，一共用了五十二天寫成這本以五十二篇短篇小說組合成的《魚夢魚：阿料的魚故事》。

目
次

① 小于

② 來去

③ 流落

④ 回來

① 小手

五年級下學期，阿料班上轉來一位新同學。開學不久，老師帶這位新同學進教室，並在講台上介紹他的名字：「小于」。

阿料因為坐在前排，看得仔細。小于揹著一只長條狀背包，長相斯文，可能比較少曬太陽的緣故，臉色蒼白，一副規規矩矩的好學生模樣。老師介紹時，他一直低著頭，大概是不習慣也不喜歡被盯看的感覺吧。老師終於介紹完畢，小于彎腰跟班上同學一鞠躬，沒說一句話，快步走到老師安排在阿料隔壁的座位上。

小于個性似乎比較內向，下課時阿料找他說話，他微笑以對沒有回答。阿料也發現，小于安安靜靜，很少主動開口。讓阿料不解的是，小于一直揹著那只長背包。從側面看，阿料才知道他揹的是一只魚背包。

這只魚背包啊，小于每天上下學時揹著，上課時揹著，下課上廁所也揹著，裡頭好像裝了什麼不得了的寶貝，或者是裝了什麼驚天動地的祕密。班上同學沒人見過小于卸下這只魚背包，同學們好像也不怎麼好奇，為什麼小于始終揹著這只魚背包。

這是一只很像是真魚的魚形背包，魚頭朝上，魚尾下垂，小于揹著它，就像是有一條活生生的魚趴在小于的背上。背包上的魚眼活靈靈轉著，像是時時在觀察或警戒小于的後背兩側。背包上的兩片鰓蓋，隨著小于走路或跑步的步伐起伏，微微掀合，像這條魚還在咻咻喘氣。阿料仔細觀察過背包上的魚鱗，並不是畫上去的裝飾線條，而是由一種特殊材質製成的透明片狀物，一片片順序鋪疊而成，每片鱗片上頭似乎還塗上一層黏膜，使得整個背包看起來油油亮亮，始終保持濕潤的金屬光澤。

開學一陣子後，阿料又發現，不曉得是個性內向或是對新環境陌生，小于的行為和其他同學明顯不同。他似乎不太喜歡乾爽的太陽天，好天氣時，他幾乎整天都待在教室裡，倒是潮濕的陰雨天，操場上人少的時候，比較常見到他在戶外走動。

小于話不多，常常獨來獨往，班上好像沒有特別與他要好的同學。放學時，小于也從不跟同學結伴同行，班上同學沒有人知道小于家在哪裡。小于行事儘管低調，是班上的神祕人物，但坐隔壁的阿料卻對小于充滿好奇。

有次放學，阿料偷偷跟蹤他，想知道小于到底住在哪裡？他是不是還有其他家人？

小于似乎相當警覺，走出校門口不久，就知道有人在跟蹤他，小于特地多繞了些路，帶阿料走進彎曲而且長得很像的小巷子裡繞圈圈，一下子後就擺脫了阿料的跟蹤。

「對，不能跟太近。」阿料這才想到，「因為他的背包上有另一對往後看的魚眼睛。」

知道保持距離的要領後，終於有一次，阿料跟蹤成功。

阿料發現，下課後的小于會先走進熱鬧的市街裡逛個兩三圈，當路隊和同學們都走遠了，小于會前顧後看一陣子，確認沒有人跟蹤後，才放開腳步走向流過這座城市的歸瑜溪。走到溪邊後，小于會在溪畔左看右看，像是一般來河邊看風景的人。再次確定安全後，最後，小于才快步走向下游河口。

阿料保持距離，躲在歸瑜溪邊一叢甜根子叢裡，偷偷窺望已經走到河口邊的小于。

小于走到河口近海處，左右張望了一下後，卸下背包。

小于終於卸下他的魚背包。

也不是真的卸下來，小于聳單肩，縮單臂，他只是斜身將魚背包從背後往前拉到他的胸前。

小于將魚頭往上舉起，像是在穿戴套頭毛衣，他將背包上的魚頭整個吞下自己的頭部。阿料遠遠看去，還真像是被一條魚張口吞噬。最後，小于身子一縮，俐落地窩身躲進魚身子裡。

躲進魚背包後的小于，變成了一條直立在泥灘上的魚。

「小魚」很快朝向溪水仆倒，變成一條擱淺在溪畔泥灘上的魚。

「小魚」扭動，愈來愈劇烈，「小魚」在泥灘上翻躍、騰跳。

跳幾下後，小于俐落彎了個身，跳進溪水裡。

水面蕩起一圈漣漪，小于得水。

小于背鰭切剖水面，從河口快速游向大海。

最後，阿料看見夕陽映照的空曠河口水面上，留下了一道小于背鰭切過的隱約水紋。

桃花

那天，九嘸半的三參號漁船在外海下完延繩釣餌鉤後，阿三船長讓船隻從外海開近岸緣。「流不對，我們靠岸邊等待翻流（流向變化），順便釣淺礁魚，你去準備一下釣具。」掌舵的阿三船長回頭跟後甲板上的海腳阿料說。

阿料明白，翻流後，才是外海巡游魚類的索餌時間，阿三船長珍惜海上時間，不打算停在外海空等，索性利用這段時間將船隻開近鳳凰岬下的岩礁區垂釣。

下鉤不久，阿料發現，有隻個體不小的桃花章魚攀過來黏在三參號水線下的船舷邊。阿料心想，「應該是被船底下附生的褐藻、藤壺、介貝和蝦蟹所形成的小生態給吸引過來的吧。」隨後，出現在阿料心底的四個字是：「自投羅網。」

阿料隨手拿起擱在船邊的長桿撈網，打算伸下水裡去撈捕這隻章魚。

阿三船長不到三十歲，從小討海，雖然年輕但漁撈經驗豐富。他看阿料舉出長桿撈網，準備將網杓子伸下水去打撈章魚時，急忙對阿料喊了一聲：「反過來！」

這一聲喊，阿料一時愣住，無從理解阿三船長喊說的，「反過來」，到底什麼意思。

阿三船長看阿料呆愣在船邊，他拋下手上的釣繩，走過來一把搶走阿料手上的長桿撈網，並且反過來拿，他將長桿尾（不是網杓子的那一頭）伸進船邊水裡。

桃花章魚先是嚇一跳，也像是害羞，一溜煙地躲進船肚子底下。

阿三船長保持桿尾不動，繼續伸在船邊水下等他。

直到這時，阿料還是完全看不懂，阿三船長到底在「變啥魍（pìnn-siánn-báng，搞什麼把戲）」？

阿料猜想，「會不會阿三船長打算用桿尾當武器，來敲襲這隻桃花章魚？」但他很快又轉了念頭，「這是不可能的事，魚族們水下動作迅捷俐落，何況水阻這麼大，絕無可能，水面下怎麼可能用這麼長一根棍子來敲魚？」

一下子後，躲入船底的桃花章魚探出頭來，看了凶器（桿尾）幾眼，不逃不要緊，竟然像是看出興趣來，他觸手先行，先是試探性地伸過來兩根觸手，悄悄碰了兩下桿尾。

阿三船長保持桿尾不動。

應該是喜歡吧，這隻桃花章魚隨後更多根觸手挪過來，攀住阿三船長伸在水面下等待的這根桿子。

最後，整隻桃花章魚離開船肚子，整隻漂移過來，手腳並用地抱緊處理。

阿三船長慢慢將桿尾抽離海面，然後，快動作將桿尾一橫一甩，把仍然抱緊桿尾的這隻桃花章魚給甩上甲板。

上了甲板被捕獲後，這隻桃花章魚仍然依戀似地緊緊抱著桿尾不放。

從來不曾見過這樣的捕魚方法。

「怎麼會這樣子呢？」返回外海收拾延繩釣漁獲時，阿料想了又想，百思不得其解，指著還抱在桿子上的桃花章魚問阿三船長。

「你不知道桃花章魚喜歡抱抱嗎？」阿三船長用理所當然的語調說。

再生

矮子的個頭其實並不矮，也不曉得為什麼，大家都稱他矮子。阿料是透過一個愛吃魚的朋友介紹，認識了這位相貌幾分斯文而且一點也不矮的矮子。

初見面，矮子拱手招呼，態度謙遜有禮，除了矮子的稱呼與其長相不搭外，阿料更意外的是，矮子的職業竟然是魚販。

知道矮子是魚販，阿料「噢～」了一聲，驚訝都寫在臉上。「事情不能只看表面，不是嗎？」矮子意有所指地回應了阿料的驚訝。

不只驚訝，阿料還對矮子這個人感到好奇，特地選了個清晨，前往矮子的魚攤拜訪。

不像是傳統市場中的魚攤子那般腥臊潮濕，矮子的魚攤是摺疊式臨時攤架，簡單乾淨而且乾燥地擺在市中心鬧區一家大型資訊店門口。阿料觀察了一陣子，發現攤子前顧客來去頻繁，看來生意不差。

矮子忙中抽空跟阿料招呼說：「通常上午十點前，就會賣完當天的魚貨。」

跟一般魚販明顯不同，矮子的魚攤子上只擺著三條大約三尺長的大魚。「只有這三條嗎？」「對，都是老顧客了，都知道我每天只賣攤上的這三條魚。」「為什麼不賣其他的，我的意思是，更多種魚會讓顧客有更多選擇，不是嗎？」「最近不是事事都講究『永續』嗎？這三條魚可以賣一輩子，何必更多。」

顧客來到矮子魚攤前，很有默契，大家都曉得跟矮子買魚，只要指著攤上三條魚的其中一條，矮子就會問：「哪一段？要多少？」老顧客就會說：「上段，三寸。」或「中段，五寸」或是「下段……」矮子就會依著顧客需求，在指定的這條魚身上的上、中、下段，裁切顧客們需要的魚肉尺寸。

「上、中、下段價錢一樣嗎？」「價格一樣，但口感不一樣。」「如何不一樣？」「觀點不同。」

矮子切魚像醫師在手術檯上進行精密手術，他一手刀，一手紙巾，一邊切一邊細細擦拭，每一刀從劃下到收尾都很講究。

這天稍晚，有位顧客來到攤前，應該是第一次來跟矮子買魚的吧，他看了看攤子上的三條魚後，指著中間那條魚的魚頭問：「這顆魚頭怎麼賣？」

「我們只賣身，不賣頭。」矮子表情誠懇，輕聲應答。

「老闆，你留下魚頭做什麼用呢，不如這顆賣給我吧？」

「很貴的。」

「多少嘛，說說看。」

「五百萬。」

「五百萬，你強盜啊！」

這位買頭不著的顧客，當然氣噗噗地掉頭走人。

不久，又來了一位顧客，他想要買的是魚肚子，矮子也是和藹地說：「我們只賣魚身，不賣魚肚子。」

然後，也是跟上一位買頭顧客差不多的應答，當然，這位買魚肚的顧客也是森七七地轉身走掉。

「魚頭和魚肚子為什麼不賣？」阿料也覺得好奇。

「生財工具啊，怎麼賣？」

「生財工具？」

「對啊，每天收攤後，我還要餵養他們。」

「愈聽愈糊塗了，餵養他們，你說的他們是誰？」

矮子指了指攤子上肉身已經被切得零碎模糊，只剩魚頭、魚骨和魚肚子的這三條魚說：「每天收攤後，我會去港邊收購一些雜魚、碎魚，或魚內臟等等的魚下雜，這些，都是他們愛吃的食物。」

終於聽懂了矮子的意思，阿料嚇一跳，瞬間倒退了好幾步，離開攤子一小段距離，眼睜睜輪流瞪著攤子上這三條殘缺不全的魚，不覺倒抽了一口氣，嘴裡發出吁吁驚呼：「他們還活著啊？」

阿料這才發現，攤子上這三條魚的眼珠子都亮晶晶地瞪著他看。

「對啊，你現在才看出來嗎？」

「那……那……不應該……」阿料指著攤子上的這三條魚一時說不出話來。

「放心，長久的合作默契了，他們喜歡這樣，每天下班後，就能吃飽、睡好，然後晚上開始長肉，這幾種魚啊，都是換肉率很高的魚，一個晚上，就能長回、長滿一身的肉。」

「這……這……還是覺得不妥當啊……」

「我知道你在擔心什麼，放心，我挑的這種魚，他們都靠這種方式生活。」

「我的意思是……」

「放心，只是觀點問題。」

有餘

阿料生長在海邊，他的家和學校隔著一道綿長的海灣，他每天獨自走海灘上、下學。海灣上頭其實有條寬實的馬路，但阿料從來不走馬路，他喜歡踩在軟軟沙灘上的感覺，他喜歡一邊走一邊聽見海浪來回拍岸的聲音。

走沙灘時，軟陷的沙子會糾纏阿料的腳板，沙粒也會找縫隙鑽進他的鞋子和襪子裡，有時候，沙灘上的沙子還會調皮地召喚漲潮的浪濤，衝上灘坡弄濕他的鞋襪和褲腳。

「為什麼遲到？」「為什麼那麼晚？」「為什麼搞得髒兮兮？」「為什麼到處是沙子？」「為什麼弄濕鞋子和褲子？」「為什麼不走馬路？」「為什麼不聽話？」「為什麼不講話？」像地毯式轟炸，受責備時，阿料習慣低頭承受，一句話也不說。

不是使性子鬧情緒，是因為之前阿料已經說過好幾遍，也因為家裡和學校兩端差不多都問同樣的話、責備同樣的事。「好像喜歡接近大海是不對的事？」受責備時阿料心裡想著，「其實就跟海浪的聲音一樣，若聽得懂，聽一遍就懂，聽一遍就著迷。」

「因為走在馬路上，會聽不見海浪在耳朵裡打節拍或唱歌。」之前，阿料受責備時曾試著做這樣的說明。不管是家人或老師的回應差不多是：「海浪會打節拍？」「海浪會唱歌？」「這樣的藉口很瞎，知道嗎？」「你要不要哼哼看到底是怎樣的節拍？」「海浪都唱怎樣的歌，有歌詞嗎？」「你是耳朵有問題，還是頭殼有問題？」「上課如果能這麼認真聽就好了。」……他們在阿料簡單回應的一句話中，找到相對複雜的更多問題，這會讓阿料趕快閉嘴，不想多做說明，甚至不想再多講一句。

海浪的聲音仍然每天窩在阿料的耳朵裡打轉。阿料慢慢覺得，海浪的聲音不容易形容出來，更不適合當作藉口。阿料也發現，關於大海的事，說得愈多麻煩也就愈多。

有一次阿料在校門口被值日老師責備時，警衛室的阿伯忽然說了句：「那不是一般可以哼出旋律的曲子，也不是隨便唱得出歌詞的歌謠。」值日老師應該是沒聽懂，繼續他的碎碎唸，但阿料斜著頭看著警衛阿伯很久很久。

後來阿料才知道，這位警衛阿伯曾經跑過遠洋。像是安慰，有一次阿伯告訴受責備的阿料：「怎麼說呢，大海在不同季節、不同天候、不同時段，各有不同的聲音。」

阿料不停地點頭，好像找到知音。

阿伯又說：「海浪其實在很多人的耳朵裡唱過歌，有人聽得見，有人聽不見；有的人有時候聽得見，有時候聽不見；有的人是小時候聽得見，但長大後變成聽不見。大多數人其實都聽過，只是後來忘記了。」

許多年以後，阿料在遠洋大型圍網船上當漁撈長。

有次豐收，魚隻滿滿拉上船來，魚隻不停「啪町啪町」地跳在甲板上。直到這一刻，阿料才恍然明白，海灣浪濤許多年來一直留在他耳朵裡的聲音，跟甲板上一大群漁獲蹦跳拍打的聲音很像。

阿料說：「這聲音是一組多音，一開始是『啪！町町町町町……』一連串的節拍聲。這時頭重腳輕，『啪』重，『町』輕，而且『町』音愈到末尾，節拍愈輕愈快。這聲音一組一組、一串一串，反覆又綿延，從一組八音，到一組六音……最後，剩下一組雙音。到一組雙音時，剩下『啪．叮』兩聲。但因為是豐收，這時滿船還是『啪．叮、啪．叮、啪．叮、啪．叮』響個不停。」

阿料從中慢慢聽出變化，也漸漸聽懂了大海藉由這次豐收想告訴他什麼。就是這樣的聲音，吸引阿料從小走海邊上下學，長大後划船進灣裡捕魚，後來航行到遠洋作業。儘管阿料很慢很慢才完全聽懂海浪的聲音，但大海從小就在阿料的耳朵裡不停地用類似的節拍告訴他：「灣裡有魚，海裡有餘。」

灰斑

房子是窩，一家人一起在房子裡生活和成長。但同個屋簷下的關係再如何緊密，單飛的時刻總會到來。

窩裡曾經的熱鬧，隨離巢而去的背影逐漸淡沒。家中人口愈來愈少，房間愈來愈空。就像抹香鯨家族中的雄鯨，一輩子無論如何起落，最後，終究剩下孤老的身影。

並非故意如此，一開始阿料只是隨手將一些雜物置放在其中一間空房裡。但時間一點也不客氣，而且還很會趁勢囤積。這間空房，逐漸就變成了阿料的雜物間。

日子不斷前進但難免殘留，凡是丟了可惜、不丟又破壞居家清爽的雜物；凡是丟了恐怕完全遺忘、留下還值一點回憶的紀念品；或是生活中殘留下來、不容易分類的瑣瑣碎碎；

也有些是一再喜新厭舊後、又懺悔給找回來的一點念舊情懷；不少是處於拋棄與收留間、無盡徘徊的雜七雜八；或每次大掃除後都會掃出一些暫時多餘、但又相信總有一天用得著的零碎；也有些是必須暫時隱藏、掩埋，避免引發不必要風暴的證物；也有些是物件本身個性低調不願意站在檯面上的；還有些就是時光塵埃般、只要生活就會產生如沉積般的累贅……這些，阿料全都暫時往這間空房裡堆置。

這個房間啊，就像海床默默承接了陸地上，大小河川沖下來的每一顆砂石、每一滴泥塵。時光毫不留情，帶著它最擅長的沉積作用，開始點滴累積。

關起房門遮醜的話，怕空氣不流通，給悶壞了或「生菇」(senn-koo)，阿料決定開著房門通風，只在門口掛一疋長布簾遮一下經過的視線。

如地質累聚，層層堆疊，雜物很快就堆滿了整個房間。最近，又經歷了兩次規模六以上的地震，房裡板塊位移，斷層碎裂，四處崩塌坍方。

「該找個空檔進入災區清一清。」阿料始終把這件事掛在心上。

一再延宕到後來，因落石嚴重，進出不易，就在多重障礙與多重藉口下，阿料自然而然且故意遺忘了進災區清理的情緒。

那天，阿料經過房間門口時，遮醜的布簾子招呼似地忽然輕揚了一下。阿料在房間門口停下腳步，耳裡竟隱隱傳來簾子內的啵啵水聲，他心想，「糟糕，會不會是屋漏偏逢連夜雨，會不會是災區漏水、淹水？」

阿料趕緊掀簾一看。

「啊！」換來剎那間一聲驚呼。

阿料看見房裡竟然碎波漣漣，一橫蒼蒼淺灘橫在房門入口處，一片深遠汪洋打破了房間四壁，災區裡原本堆疊崩塌的雜物，體積小一些的都化作沿岸礁塊，大一些的，堆砌成遠方黑色島礁。

灰泥細沙為主的淺灘底床，難得水質一片清澈，竟然就吸引了好幾條粗頭灰斑魚過來淺灘納涼，用他們先天優越的保護色，靜伏在地板海床上，動也不動地淋著一波波細浪。

這幾條藉保護色大膽游近淺灘的灰斑魚，大概不知道阿料曾經討過海，對於魚，他可是異於常人的敏銳。當然，掀簾剎那，阿料便看見了這幾條游近門邊的粗頭灰斑魚，他心想，

「只要給一根網勺子，兩三下就能將這些魚一網打盡。」

但阿料念頭旋即一轉想到，「好好地隱身在房裡過生活，何必打擾他們？」

於是，阿料輕輕放下簾子。

簾子才放一半，裡頭突然響起類似兩三下用力踩踏空寶特瓶的一陣碎響，惹阿料低下頭從簾下往內多看了一眼。

竟又惹來他「啊！」一聲驚呼。

如影片倒轉，水往上流，房裡水聲迅速退潮，灰斑魚鑽進不見天日的深海底床，四壁擁擠復位，像是重新場布，災區恢復原貌，所有的岩塊和島礁變回原來紛亂的雜物，迅速堆滿了房間裡的每個角落。

倔伯

代代相傳，整個村子依海為生。

村裡有個老漁人倔伯，六十好幾了，自己一個人住在村子邊郊一棟老屋子裡安靜地過生活。一艘船、一個人，常見到他划著小船在村子前的海灣裡釣魚。

倔伯的漁獲並不多，一趟海下來，通常只帶回來三、四條魚，但他的漁獲獨一無二，全部都是苦鯛。奇怪的是，村子裡這麼多艘漁船一起釣魚，就只有倔伯釣得到苦鯛。

苦鯛這種魚啊，肉質細嫩，幾乎入口即化，又因為這種魚吃起來的口感，帶著淡淡苦盡甘來的回甘甜，也是那微微的苦味剛好壓抑了魚鮮的腥臊和油膩，可說是百吃不膩，廣受海鮮老饕們的喜愛。

算是海鮮極品了，加上量少而價高，倔伯的漁獲量雖然不多，但他的收入，可是排名在村子所有漁船的前端。

同個小漁村，同一段時間，同個海灣，同樣結構的小漁船一起釣魚，照理說，應該沒什麼祕密或祕訣藏得住。每次返航後，常見一群村人圍住倔伯的小船和他船上的漁具做研究，像在開研討會。

「為什麼只有他釣得到苦鯛？」

倔伯的漁船、漁具跟大家的完全一模一樣，研究、討論了老半天，問題既沒有改變，也不曾有過答案。

「難道是釣點？」

於是，好一陣子來，當倔伯釣魚時，他的小船是圓心，周圍零零落落圍著同村子的大小漁船。村民們眼睜睜盯著倔伯瞧。「沒錯啊，大家都一樣，大家都使用整尾虹蝦當餌，也都使用大小粗細一樣的漁鉤和漁線。」

包圍倔伯的漁釣日子匆匆過了一段，但每天的漁獲結果仍然一樣，只有倔伯的小船釣獲苦鯛。

釣獲苦鯛的倔伯，一點也不張揚，拉上來三、四條漁獲後，就安靜低調地穿越村民們圍住的船群，收工返航。

「難道是因為名字？各位有沒有發現，『倔伯』和『苦鯛』，發音幾分相似，名字跟命運有關，命理師不是都這樣說嗎？」

於是，好幾個村民跑去戶政事務所申請更改名字。原本名字裡有「男」字的，就改成「苦男」，名字裡有「連」字的就改成「苦連」，也有乾脆名字裡兩個字都改的，直接改為「林苦鯛」或「王苦鯛」，還有個村民更誇張，直接改成姓「苦」名「鯛」。

問題是，這批「苦字輩」村民，還是釣不到苦鯛。

「難道是因為倔伯真的吃過苦？」

大家都知道，倔伯從小就無父無母，無依無偎，自己一個人在海灣撿了些漂流木搭蓋成簡單的一間破厝，沒有家人，沒有朋友，一輩子孤倔。沒人曉得，也從來沒人關心，這麼多年來他是怎麼活過來的？無論如何，倔伯這輩子確實是吃過不少苦頭。

也難怪村子裡號稱知天命的朱大師沉沉說了一句：「氣息相通啊，物以類聚，苦命人，才釣得到苦命鯛。」

找朱大師算命請益的村人紛紛感嘆說：「這跟命運一樣，好像也沒辦法改，也沒辦法模仿，就只有倔伯釣得到這種同病相憐的苦鯛。」

「且慢！」朱大師聽了村民們的嗟嘆，洶洶急喊唐突說了句：「各位、各位，命雖不苦，但可以藉由食物讓體質變苦。」

於是，村子裡開始流行吃黃蓮、吃苦瓜、喝藤心湯、喝苦茶……

說起來，倔伯這輩子真的有夠苦，到如今，沒親沒伴，是個羅漢腳，是個孤單老人。睡前，他習慣用個大牙缸倒一大杯甜酒，至少讓自己能甜滋滋地入夢。

一大杯甜酒，倔伯只喝了個兩三口，然後，他會將隔天當漁餌用的五條虹蝦，放進牙缸裡浸泡一夜。

倔伯知道，苦命魚和苦命人一樣，需要的不過是一點點甜味和一點點酒精。

邊角

邊角村有座小漁港，港裡停泊唯一的一艘漁船「邊角號」。村子裡的壯丁都是這艘船的「海腳」，村長就是船長。

天還沒亮的清晨，壯丁們已自動自發地集合在村長家門口，每個人都穿了一套土褐色連身工作服。沒有人規定，但在場所有壯丁們都恐怕敲破了破曉前、出航作業前的肅穆氛圍吧。沒有人多講一句不必要的話，講出口的每一句話也都這麼的輕聲細語。

壯丁們到齊後，由年長的村長帶頭，一起走向碼頭，準備出海作業。

登船後，船長掌舵，壯丁們都熟悉自己在船上的工作崗位，船頭、船尾待命的，解纜的、划槳的、準備漁餌漁具的，很快地各就各位。這是一艘有紀律的海上工作團隊，壯丁們各自忙碌但始終守著破曉前、作業前的安寧和沉靜。邊角號是一艘實料的木殼船，儘管有點年紀，但甲板和舷板因為勤於刷洗而顯露出鮮明乾淨的木紋。

天色肇裂一絲灰白，壯丁們發出力道沉著的一聲聲吆喝，隨著划槳節奏，邊角號邁浪離港。他們的漁場在出港後往南三十分鐘航程的邊角灣。

天色曚曚亮起時，他們划進灣裡。船長判斷了一下這天的海流和風向，決定了釣點。船隻下錨，壯丁們站一排在舷邊垂釣。

邊角村位在島嶼的邊緣角落，邊角灣更是偏遠在島嶼的天涯海角，這個漁場，只有他們一艘漁船作業。過去也曾有其他村子的漁船過來灣裡作業，想與他們競爭漁獲。但邊角灣裡的魚，像是認得他們的船，已習慣他們的餌，或者說，只願意進他們的漁艙。其他村子的漁船紛紛知難而退。到後來，邊角灣就成了邊角村和邊角號的專屬漁場。

老船長熟悉灣裡的所有釣點，每天輪流在各個不同的釣點作業，經過了二十七個日出和夕陽後，海灣裡的全部釣點都輪過一遍，算是一個漁季結束。

圓滿一個漁季後，漁事休息三天。這三天的白晝，村子裡家家戶戶掛起由各家自行縫製的不同魚形旗，夜裡，則在家戶門口懸掛起也是各自製作各有風味的魚形燈籠。邊角漁村藉此儀式，感謝邊角灣裡的魚族們如此生生不息。

漁季裡的傍晚，邊角號漁艙裡裝滿了漁獲返航，壯丁們隨著划槳節奏發出一聲聲沉著的吆喝。村子裡的母親、妻子、女兒和小孩，遠遠聽見了海上的吆喝，都來到了港邊，他們一起哼吟一首輕聲而悠揚的曲子。每個音符都帶著浪一樣的旋律，歌聲悠揚地漫漂在村子附近的海面上。歌聲裡帶著感恩，感謝海風和夕陽帶著他們的父親、丈夫和兒子豐收回來。

晚霞中，他們卸完漁獲，洗過甲板，壯丁們聚在村子的公共澡堂，洗去一天辛勞的汗水和魚腥。洗過澡的海腳們，穿上乾淨的米色家居服，身上發出曬過太陽洗過肥皂的清香。清秀美麗的村長女兒，等在澡堂門口，讓壯丁們逐一唱聲，說出這天他們釣獲幾條大魚幾條小魚。一條大魚發給一張紙鈔，小魚則發給一枚硬幣。

阿料從隔了好幾座山的大城，跟著收魚的魚販車翻山越嶺，慕名來到邊角村。看了這一幕，阿料不禁羨慕起這樣的漁村生活，嚮往這樣集體勞動且祥和的漁撈日子。

「我可以一起出海作業嗎？」阿料走過去與村長女兒攀談。

村長女兒溫柔地看了阿料一眼。就這一眼，阿料已經明白，他的氣息與這個漁村還有一段距離。阿料曉得，他的野性和習氣恐怕也不容易適應這樣子的漁村生活。

果然，村長女兒以無比輕柔的聲音婉約地跟阿料說：「你不適合這裡。」

標本

這條魚很特別，長相特別，身上斑紋特別，行為也很特別。被阿料捕上甲板後，這條魚就安靜趴著，不掙扎，也不翻跳，不像其他大多數漁獲，不停地用身體劇烈敲打甲板。猛跳一陣子後，大多數漁獲都橫七豎八地躺在自己拚命掙扎，而灑出的腥黏體液和血泊裡；唯有這條魚，還趴著胸鰭，端莊完好地穩穩趴在甲板上。

這條魚身形穩重，上盤是黑底加上黃褐色網狀細紋虎斑，下盤是大方的大白點豹斑，周身魚鰭如寶藍色的半透明羽扇，晶亮的眼珠子隱在額上一抹瀟灑的帶狀黑斑裡，他整個體色斑紋，大膽狂放中不失典雅細緻，一點也不輸給熱帶叢林中斑爛奪目的翩翩鳳蝶。

「這尾什麼魚啊？」阿料問老船長。

「不知欸，捕魚這麼多年，不曾見過。」果然，如老船長經常掛在嘴邊的一句話——「海底事，識不完。」

「可以吃嗎？」

「鮮豔又漂亮，若可以吃，恐怕也不好吃吧。」

「給我帶回去做標本好嗎？」

老船長點了點頭。

這條魚的鱗片已特化為盔甲般的硬殼，做成標本不難，只要刀工夠靈巧、夠俐落。阿料先在魚肚子上剖開一條長縫，再用剜刀細心掏出裡頭的魚肉和魚骨。多年討海，阿料刀法算是細膩，一陣掏刨刮削外科微創手術般去骨鑿肉後，留下魚頭、魚尾、魚鰭和之間連著的一身魚皮，像一隻準備在廟會節慶中酬神表演的舞獅。

整條魚就剩下魚鰭和頭骨縫隙中無法清除的碎肉，原本打算防腐處理，但阿料不喜歡防腐劑的刺鼻藥味。他突發奇想，設法固定這條魚被捕時，趴在甲板上的姿態：先讓這條魚安穩趴在庭院的木桌子上，庭院螞蟻多，這條魚軀囊縫隙間剩下的殘肉，就請螞蟻大軍來享用大餐順便幫忙剔除。

螞蟻盡責，大約一週後，縫隙間殘肉盡除，大軍吃飽散去，加上風乾效果，標本自然成型。阿料將魚標本挪進室內，在眼眶添兩顆玻璃眼珠子，除了失漏了點表面光澤顏彩，這條魚標本幾乎保持原樣，穩重地趴在阿料客廳的櫃子上。

投光打燈後，這條魚，這條魚標本重生似地栩栩如生。

自從有了這條魚標本，客廳生色不少，好幾次吸引阿料在客廳停步觀賞，他又覺得，「若是搭配個盆栽，動靜協調，將更有生息。」才這樣想著沒多久，一位朋友主動推薦阿料可以在室內栽一盆合果芋。朋友說，「這種觀葉植物栽種簡單，除賞心悅目外，還能淨化室內空氣。」於是阿料就在櫃子下方的書桌上，水栽了一盆。

合果芋十分「草賤」（tshàu-tsiān），只需偶爾添些水，竟就盎然活成一片。從此阿料的客廳中動物植物皆備，有了這兩樣後，法寶共生般，每次經過客廳，阿料都能感受到跟過去不一樣的蓬勃生氣。

這條魚成為標本一陣子後，阿料發現，魚標本像是榕樹長出鬚根，從魚腹往下伸出一根精細透明的細絲。而且，這根細絲不曉得什麼時候已經爬過盆口，伸進合果芋盆栽裡。既不妨礙標本外觀，也不妨礙盆栽，只是發現，阿料並未將這事放在心上。

有天早上，阿料發現這條魚標本的玻璃眼珠子掉在盆栽邊。當阿料撿起玻璃眼珠子想裝回去時，發現魚標本的眼珠子完好無缺。「這顆玻璃眼珠子應該不是這條魚標本的，但到底哪裡來的呢？」阿料仔細觀察了標本魚眼，魚標本的眼珠子像剛剛擦拭過，不僅飽滿晶亮而且炯炯有神。

又過了幾天，阿料又發現，標本的體色似乎是抹了一層油脂有了光澤，好像是經過保養得了滋潤。

有次阿料經過客廳時，感覺到魚標本尾鰭輕輕動了一下。但阿料跟自己說，「應該是錯覺，可能是一時恍神。」

又隔了三天，晨起，阿料發現櫃子上的魚標本不見了。

阿料直接反應，以為是遭小偷。

想想不太對，「小偷別的不偷，偷標本幹麼？」

後來，阿料在客廳天花板的角落看到這隻魚標本。

這隻魚標本浮在客廳天花板上，栩栩如生，游來游去。

瓦大尾

「很久很久以前，那時候的魚啊，有夠大尾。」海鮮餐廳吃魚料理時，阿料跟遠道來訪、喜歡魚的女孩說。

「多久已前的事？你說說看，到底瓦（guā）大尾？」一邊享用餐盤裡的清蒸石斑，女孩接連拋出兩個問題。

「大約四億年前，介於泥盆紀和石炭紀之間，其實還有一個短短的鼓余紀，這種大魚啊，就出現在這個短短的古生代裡。」

「鼓余紀，怎麼從來沒聽說過？那時代的魚，到底瓦大尾啊？」同樣兩個問題，一新一舊。

「必須先跟你說明一下，年代久遠，悠久的演化歷史，那時候的魚和現代魚除了長相以外，生理結構也很不一樣。」

「到底瓦大尾？有沒有化石紀錄？」又是一新一舊。

「你聽我說，不要急，你聽我說，現代魚是由長長短短的魚刺骨連接著脊椎骨為主要的骨骼結構，但那時候的魚啊，一樣有脊椎骨，但往外連接著的不是魚刺，而是一格一格方格子似的骨框。」阿料繼續說：「這些格子骨，有大有小，頭尾格子較小，胸腹部則是由大格子所組成，格子裡有筋肉和神經，格子與格子間有結締組織，強韌地連結成一條魚的主要身體結構。」

「你還是沒有回答我的問題，到底瓦大尾？到底有沒有化石紀錄？」

「年代久遠，說來話長，請耐心慢慢聽我說明。於是，這種魚就被命名為『格子魚』。也因為他們的化石，直到最近幾年才被考古學家發現，也才證實了鼓余紀和格子魚曾經存在的生態證據。」

「在哪裡發現的？」

「在非洲中部，有個新興城市叫『班基拉』。」

「年代久遠，這標本應該埋得很深吧？最近才發現，是不是因為挖很久、挖很深才發現的嗎？」

「不，是意外中發現的。事情是這樣子發生的，東歐有位名為『高士』的年輕考古學家，有次在非洲的自助旅行途中，來到這座城市。當晚他投宿在『班基拉大飯店』。這家飯店有五層樓高，外觀最大特色是整棟建築物仿魚型結構，有頭有尾，就像一條大魚座落在這座新興城市的正中央。這位考古學家因為一個人旅行，就選了魚尾的單人房。這房間裡的某個角落，大概因為天候溫差太大，油漆有些剝落，高士發現，油漆底下不是一般建築物常見的水泥混凝土，而是由明顯像石塊的石質建材砌成。高士先用指甲在牆上刮了兩下，專家的敏感，他直覺認為，砌牆的石塊應該不是一般水成或火成的變質岩，有可能是化石。於是，他從包包裡拿出採樣工具和樣品罐，收集了些粉屑當標本。不僅如此，住宿飯店的這幾天，他從魚尾走到魚頭，從魚肚子走到魚背，只要有油漆斑剝處，他就偷偷摳了些石粉當標本帶回實驗室。」

「真的是化石嗎？」女孩似乎聽出興趣來了。

「那趟旅行結束，高士回到實驗室，檢驗了那家飯店帶回來的石粉樣品。不得了，扣除掉油漆成分後，這些石粉竟然都是大約四億年前的魚骨化石。」

「這樣的化驗結果，證明了什麼？」

「當然這只是初步證據，高士立即重返班基拉，拜訪多位當地耆老和市政府開發及建設單位，詢問班基拉大飯店的建造歷史。官員們表示，這城市晚近才從原野高地造鎮開發而成，城市基礎建設在施工挖掘階段時，常挖到這種大大小小格子狀的空心石塊，以為是種種地質節理因素所造成。有些建築商，就運用這些現成的格子石塊當建材，因為大多數格子石塊，一格差不多剛好是一個房間大小。那家班基拉大飯店，是因為施工挖掘到格子石塊時，原始排列就是由格子石塊組合成一尾趴在地底下的大魚；應該只是巧合，但建築師靈機一動，變更設計圖，幾乎是原封不動地以當時發現的魚型格子，重新組合，讓這條埋了很久的魚重新站回地面上來，就成為如今五層樓高、在我們眼前的這棟班基拉魚形大飯店。」

「五層樓高，整家飯店，哇，是真的嗎？生活在鼓余紀裡的格子魚，真的這樣大尾啊？」

「是滴。」阿料語調自信地回答：「這就是『瓦大尾』的標準答案。」

旺盛號

那艘以漁獲出了名，可說是「頂港有名聲，下港有出名」的旺盛號，再次傳出捷報。

旺盛號上的十二種APP傳出即時訊息，表示他們在鄰近港嘴海域捕獲了一條創紀錄的大魚。

阿料隨手抓了相機，及時跳上一艘即將倉促離開碼頭的採訪小艇，隨著一群聞訊而來的媒體記者出航。小艇快速朝港嘴奔去，根據過去經驗，每一家媒體都想要搶先抓到旺盛號漁獲破紀錄的第一手資料。

小艇尚未航行到港嘴前，一段距離外，阿料遠遠就看到了泊在港嘴堤防邊的旺盛號，以及他們捕獲的這條破紀錄的大魚。這條體色黃綠身上閃著點狀藍斑螢光的魚，體型果然碩大，一大片斜靠在旺盛號的右舷船欄邊。

港嘴海域，船隻進出頻繁，能在這不大可能有好漁獲的海域捕獲破紀錄的大魚，旺盛號果然是一艘集旺盛漁氣和網路聲量於一身的現代漁船。

見著了魚，採訪小艇全速衝過去，全船每位記者同時舉起相機。

旺盛號上的六位漁人，站一排靠在右舷的大魚身邊，滿臉微笑，動作一致地朝著採訪船一起揮手招呼。

「來，一起把魚給抬起來，拍個照紀念。」小船經過他們船邊時，船上一位資深記者朝旺盛號高喊了一聲。

六位漁人配合採訪拍攝，各自用兩手提住魚背，舷邊一字排開，擺出團隊拍照的標準隊形。

「有可能角度關係……」阿料心裡有些疑惑，「從相機視窗裡看過去，這條大魚的身型呈現扁平狀，而且，魚體似乎有些飄擺。」但阿料隨即自我解釋，「也有可能是船身搖晃或海風吹拂下的錯覺吧。」

採訪小艇與旺盛號很有默契地保持約十公尺間隔，快速擦肩而過，最接近的這一刻，捕過魚的阿料發現，那破紀錄的漁獲是一條鬼頭刀。

這條鬼頭刀，果真是一條大魚，身長大約三分之二艘旺盛號的長度。討過海的阿料判斷，魚身長度至少十公尺以上，體重超過三百公斤。多年討海經驗，阿料確實不曾見過如此大尾的鬼頭刀。

「這條鬼頭刀確實是破紀錄，而且不僅破漁港紀錄、破全國紀錄，應該還破了世界紀錄吧。」阿料的眼睛一直埋在相機裡，快門按個不停，想多拍幾張照片來見證這漁撈歷史上珍貴的畫面。

小船與旺盛號錯身而過，看記者朋友們手上的相機還捨不得放下來，採訪小艇的船長從駕駛艙回頭跟大家喊了聲：「可以了嗎？」

直到這時，大家才放下相機，回頭跟船長比了個ＯＫ的手勢。

小艇在港外迴了個大彎，離開旺盛號，準備回港。

返航途中，阿料心裡忽然有個聲音說，「鬼頭刀通常生活在離岸一段距離外的大洋海流中，出現在如此近岸的港嘴，不太合理。」但阿料即刻又轉念想到，「大海這麼寬、這麼深，可說無奇不有，很有可能只是自己見識有限。」

「但是，」阿料又回想兩艘船匆匆錯身過程，「剛才兩艘船倉促錯身而過的拍攝過程中，似乎有些不合理的細節。六個漁人再如何孔武有力，也不太可能只用他們指掌如此提住一條十幾公尺、超過三百公斤的大魚。何況，六個漁人站同一側舷邊，再加上這條大魚的重量，也沒看到旺盛號如何側傾……」

心中的懷疑讓阿料再次回頭，看向已經一段距離外的旺盛號。

阿料看見，旺盛號海腳們蹲在甲板上，收拾這條大魚、折疊這條大魚。沒有看錯，他們是對摺，再對摺，像收拾帆布看板似的收拾這條破紀錄的大魚。

史拜

最近一段日子來，阿料常接到各種各樣的電話、信件、Email或各種網路廣告。

這些廣告訊息大部分是邀阿料買東買西，或是邀他參加某某團體或某某活動，不然就是介紹某家醫院或診所，也有問候阿料心情，問他是否需要相關專業顧問來幫他解決各種技術面或情緒面的困擾。

被大量商品廣告包圍大概是現代人的生活常態，但最近這些廣告訊息讓阿料感到意外，因為其中不少廣告推銷的品項正是他最近的需求，他懷疑，「現代廣告商為何能做到如此『精準打擊』的程度？」

傳統廣告模式講求「量能」，大多以散槍打鳥方式進行，最近發生在他身上的「高命中率」精準廣告著實讓阿料感到不安。就最近一週發生的事，大約七天前阿料跟一位老朋友在電話中聊到想要換車，結果這一週來，各種汽車廣告竟然如洪水一樣，洶洶湧入阿料換車需求的滯洪池裡。

「難道是這位老朋友向各家車商洩漏了我要換車的訊息？」阿料心中懷疑。

於是，阿料約了這位朋友喝咖啡。老朋友嘛，見了面就不客氣地直接問他「購車洩密」這件事。

「啊，中了！」話題一開，老朋友竟然答非所問。

「？」阿料將問號用皺紋寫在額頭。

「中了史拜魷魚！」

「史拜魷魚？」阿料寫了更多的問號在臉上。

「這是近年來從海裡頭上岸發展的一種魷魚，」朋友解釋說：「他們非常善於擬態，被滲進房子裡後，他們常偽裝成玻璃杯，動也不動地和其他玻璃杯一起蹲在櫥櫃裡。他們也很善於偽裝成筆。」

「筆？」阿料心想，「朋友是在轉移話題嗎？」

「對，寫字用的筆。你聽我說，他們會裝成像是一枝躺在書桌上，或插在筆筒裡的各種各樣的筆；特別是毛筆。有的史拜魷魚，他們會假裝自己是風鈴，假裝成是懸掛在窗口的風鈴管子的其中之一。還有模擬成蠟燭的、牙膏的，或者是藥膏軟管，或家中各種瓶瓶罐罐的……」

「欸，欸，欸，等一下，等一下，請問你說的這些什麼拜的魷魚，跟我問你的問題有任何相關嗎？」阿料不客氣地打斷朋友這一連串有關史拜魷魚的敘說。

「你耐心聽我說完嘛，」朋友板了一下臉，停頓了一下後，繼續說：「這些偽裝的魷魚，每一隻，其實都是竊聽器，他們最擅長收集聲音訊息，不同於一般竊聽器，他們可以包裹這些聲音訊息，一隻一隻互相傳遞，只要族群量夠大，他們傳遞的聲音訊息可說是無遠弗屆。有些廣告公司或商家，豢養了一群體型較大的史拜魷魚當終端，就能收集來自四面八方的各種聲音訊息。」

「你的意思是說，」阿料左右看了一下，手掌悄悄擋在嘴邊細細聲說：「那個叫作什麼史拜魷魚的，已經滲透到我家裡來了？」

「無庸置疑，相當明顯啊！」

「怎麼可能，我們家通常門戶緊閉，而且還設有保全管理。」

「不然你說說看，啊你家小強怎麼進來的？還在那裡門禁森嚴哩，你擋得了人，但擋得住這些可愛小動物嗎？」

「你是說，他們滲透進來後，開始竊取我的聲音，包裹我的聲音，然後傳遞出去？」

「幾霸分！」

「那怎麼辦呢？」

「對啊，這是現代人的頭痛問題，一般殺蟲劑對他們無效，儘管擅自設置竊聽器是違法的行為，但人家是野生生物啊，才不鳥你什麼人為法令，又不能檢舉或報警處理。也因為這緣故，所以他們數量愈來愈多，分布範圍愈來愈廣。有人用手工捕抓方式來應付，就是一一檢查家裡剛才跟你說的那幾樣物品，把他們一隻一隻給揪出來。但務必一次抓乾淨，這種史拜魷魚是卵生，一次產卵都成千上萬的，若是讓他們得了機會繁衍，可就如何也無法清零。」

「除了手抓，沒有其他『漁法』嗎？我的意思是，譬如用漁網或釣具什麼的……畢竟現代漁業這麼發達。」阿料想了一下繼續說：「或者，有沒有類似『魷魚藥』或『魷魚屋』之類的毒餌或陷阱？」

「沒聽過什麼『藥』或什麼『屋』的，但確實有人請來抓魷魚有經驗的漁夫，他們通常晚上時間作業，天黑後，先打亮聚魚燈聚魚，然後用『魷魚棒受網』的漁法，一舉大量捕撈這些『害魚』。」

「抓到這些史拜魷魚後，他們都怎麼處理？」

「當然無法嚴刑審問他們，但若是捕獲數量夠多的話，可以烤來配啤酒吃，或是炒一盤給自己加菜。」朋友笑了笑說：「聽說滋味還不錯。」

赤那鼻

「我跟你說，每次潛下赤那鼻下的岩礁海域，順著黑色礁塊潛游到九公尺深度時，在礁塊的轉角處，每次都能見到他。」喜歡潛水看魚的阿余，有次在餐廳巧遇阿料，即刻迎上來用急切的語調說起最近的潛水屢屢看見「他」的奇遇。

「別嚇人了，『他』是誰？」阿料問。

「別緊張，別緊張，不是要說什麼潛水意外，也不是要說水鬼的故事，我要說的『他』，是一條魚，活生生的一條魚，這條魚身長約三尺，一身紅衣，很漂亮的一條魚。」

「到底誰緊張啊。」阿料抬一下眉心唸了一句，然後慢慢回應說：「相信你要講的不是鬼故事，但看你說話的樣子和口氣，真的很像是看到鬼。」

「真的不是，真的不是……」阿余兩個手掌急忙在胸前左右揮動說：「水下的他，不，水下的這條魚，只是讓我覺是有點怪，但保證不是鬼故事。」

「好嘛，好嘛，那說來聽聽？」

「好幾次潛游，我刻意游到這條魚的面前，好幾次我們相距不到五十公分，十分肯定，這條魚不是幻影，也不是鬼魅，確實是一條真真實實的活魚。」

「所以他每次都在同一個地點出現？」

「去年開春以後，我就常在赤那鼻下潛水，至今少說二、三十趟以上，確實是這樣，這條魚每次都在那個礁塊轉角處出現。」

阿料曾經潛過那個潛點，也知道阿余講的那個「轉角處」，阿料記得，那個礁塊轉角處的海流很急，一條魚若要停在那個點上，必須有很好的體能來抵逆強勁的海流，確實很不容易。但阿余竟然說，這條魚每次都出現在這個位置。

「哪有可能？」阿料用懷疑的語氣問：「你每次都在同個時段下水嗎？」

「應該沒有，」阿余想了一下後，搖搖頭肯定回答說：「確定不是。」

「這也是我好奇的地方，別處不待，偏偏選在這海流強到不容易停住的地方出現，而且，如果你是不定時下去，意思是說，這條魚一直或是常在那裡『堵流（抵抗逆流）』。」阿料又問：「你確定是同一條魚？」

「十分確定，他左側胸部有塊傷疤，不難辨識。」

「海流湍急，水域寬廣，魚隻來來去去，同一隻魚，老是出現在同個點，很不合常理欸？」

「就是怪，所以才跟你說這件事呀。」

「除非……」

「除非什麼？」

「除非他在等你。」

「別嚇我了，赤那鼻下的魚如此繽紛多樣，這麼好的潛點，我還想繼續在那裡潛水呢。」

阿余吐了一下舌頭說。

「不是嚇你，想想看，我們生活的城市裡，人來人往，要在同一個地點不期而遇同一個人的機率有多少？何況大海！」

「無采（bô-tshái）我講了老半天，看起來你還是不相信。這樣好了，約個時間，我們一起下去。」阿余的口氣有點急切，聽起來像是在跟阿料說，「我們一起下去，我介紹你們認識」。

「好喔，好喔，讓我也來開開眼界。」

於是，就約了最近這個週末的中午，他們兩人一起去赤那鼻潛水看這條魚。

週末這天中午，陽光雖然躲在雲層中，但海況平穩，水質清澈，算是不錯的潛水時機。你們理了理裝備，很快就在鼻岬下海域下了水。

熟門熟路，順著右側黑色礁塊，阿余游在前領路，阿料跟隨在後。

果然是個好潛點，沿途魚群翩翩，都至少是巴掌大的魚，紛紛近身徘徊。讓阿料稍稍覺得異樣的是，今天遇著的魚，辦喜事一樣，大大小小，全都一身紅衣。

黑色礁塊背景下，密集的紅衣魚群隨著水流翩翩擺舞，你們兩人彷彿來到一處堂奧幽深，紅綵張結的水下廳堂。

阿料好幾次錯覺，這氛圍有點像是在寒冬裡張燈結綵，也幾分像是將在淒清的午夜裡辦喜事。

阿余一路吐著泡泡往前游進，似乎並未發覺，或說並不在意阿料觀察到的這些帶著淒美意境的幽密景象。

深度九公尺，你們很快潛行來到了黑色礁塊的轉角處。

忽然，一股冷冽水流迎面撲來，阿料豎起身子，停止前行。

海流果然強勁。

阿余也停了下來，回頭，指著前方轉角處要阿料看。

阿料順著阿余指的方位，往前看向轉角處。

阿料眼裡，前方只有黑色礁壁孤立如一堵寂寞的牆角，阿料左看右看，看不到任何一條魚停在那海流湍急的礁壁轉角處附近。

阿料向阿余搖了搖頭，兩手一攤，表示他什麼也沒看到。

蛙鏡裡，阿余露出詫異眼神，手臂舉起，再次轉身指著轉角處要阿料看。

阿料仍然什麼也沒看到。

然後，阿余回過身來，向阿料張開雙臂，比出只有阿余看得見的這一條紅衣大魚的長度……

金甲

因為就業，阿料搬離海邊老家多年，至少二十年了吧，阿料不曾再進去過老家附近的這座傳統市場。

這次進來，是因為要接待一位從國外回來的老朋友，這位朋友在電話裡告訴阿料，當年出國前，無意中吃到阿料親手料理的「白玉筍鯛」，他說：「國外打拚多年，心中念念不忘的家鄉味，就是你親手料理的這道海鮮菜餚。」

阿料幾乎忘了這件事，料理一條魚並與好朋友共享，是他年輕時感興趣的事，後來因為工作忙，又搬到城裡，已經很少動刀、動鍋的，也差不多忘了當年是如何料理這道菜。

阿料認真想了一下，才想到當初這道魚料理的食材，這條筍鯛，沒記錯的話，應該就是在鄰近老家的傳統市場的魚攤上買到的。這種筍鯛啊，阿料在都會區生活這麼多年，好像不曾在餐廳或超市遇過。

「老家附近的那座于森市場還在嗎？」阿料特地電話詢問仍住在老家的伯母。

「還在啊，有什麼要買的嗎？」

「那就好，那就好，你知道市場中的西北勢，角落裡那家賣魚的攤位，現在還在嗎？」

「那家魚販喔，還在啊，一直都在，而且生意好像不錯，都已經是第二代接手經營了。」

「那就好，那就好。」

阿料特地回老家一趟，為的就是到于森市場買筍鯛。

鄉下地方的傳統市場，規模不大，十幾年來格局變化也不大，跟記憶中的模樣差不了太多，阿料還記得哪個攤子賣早餐醬菜，哪個攤子可以買到現打的蝸牛和野菜……變化不大，差不多是老樣子，時光似乎在這座市場裡停止。阿料熟門熟路直接走到這家魚攤子前。

「要什麼魚嗎？看看喔。」一位沒有魚腥味的秀氣年輕女孩站在魚攤子後招呼阿料。

除了老闆不同，同樣一個魚攤子上擺著的魚貨，也幾乎完全不同。阿料年輕時喜歡看魚，還認得不少魚，但眼前攤子上的每一條魚，竟然沒有一條是阿料認識的。

攤子上的這些魚，大多是體色黯黑中閃著細紋金絲，而且體型有稜有角，頭大尾小。這些魚，不是阿料記憶中傳統的魚體流線。攤子上的每一條魚，都像是穿戴了一身盔甲，幾分像是機械魚。

「這魚是這裡漁船抓的嗎？還是進口的？」阿料指著攤上的魚問。

「都嘛這裡現撈的，這裡人吃慣了現撈魚，不吃進口的。」

「這什麼魚啊？」阿料指著其中一條鑲金絲的魚問。

「金甲。」賣魚女孩說。

「一身硬殼，要怎麼處理啊？」

「我們會幫忙殺魚、剖魚。」

阿料發現，攤子前買這種金甲魚的顧客還真不少，也大概因為有硬殼保護吧，賣魚女孩放任前來買魚的婆婆媽媽們，對攤上的魚貨不管是按、捏、掐、翻、摔，都隨顧客們高興。

攤子後頭，坐在一塊大砧板前剖魚、殺魚的，應該是他們家兒子吧。一陣「鏗鏗鏘鏘」火花中夾著鐵器碰撞聲傳來，這位兒子的殺魚工具，阿料眼裡看到的就有鎚子、電鋸和電鑽。

「要什麼魚嗎？看看喔。」終於處理好五、六位買魚的顧客後，賣魚女孩又來招呼阿料。

「請問，有筍鯛嗎？」

「蛤？」

「筍、鯛，竹筍的筍，鯛魚的鯛。」怕年輕女孩沒聽清楚，阿料一個字一個字慢慢說。

「確定沒記錯名字嗎？我在這裡賣魚差不多十年了，從沒聽說過那什麼鯛什麼筍的魚喲。」

「我沒記錯，大概二十幾年前，就是在你們這攤買到的筍鯛，我想大概是跟你父親買的吧。」

「喔，原來！你說的是二十幾年前的事嘍，時代不同了，魚的時代也已經完全不同，早就沒有你說的那種魚了。」

「那請問一下，你們現在都賣什麼現撈魚？」

「都在這裡啊，除了剛才你問的『金甲』，旁邊這裡還有幾條這種單價比較便宜一點的，是全身烏嘛嘛身上無牽金絲的叫『鐵甲』。」賣魚女孩指了指攤邊的這幾條魚說。

「只剩『金甲』和『鐵甲』，沒其他種了？」阿料回想起以前琳瑯滿目而且五彩繽紛的魚攤子。

「對，只有這兩種，我們于森漁港抓的魚，九成九都是這兩種魚。其實，這兩種魚肉質差不多，只是牽金絲的比較受歡迎。而且，這兩種都是深海魚，淺海的魚，早就被抓光，早就絕跡了。」

「那麼，你知道哪裡還有可能買到我說的那種『傳統魚』嗎？」阿料又覺得這樣的形容不夠準確，於是又補了一句：「就是剛才問你的『筍鯛』那種傳統魚。」

女孩想了一下後說：「建議你可以到孤林街的孤林傳統市場試試，碰碰運氣，好運的話說不定給你遇到。」

阿料心想，「那還是跑一趟女孩說的孤林市場試試吧。」

阿料跟女孩致謝後，尚未轉身，女孩補了一句說：「那裡若有的話，也一定是古董價。」

② 來去

小于從海上來，游進河口的時候，以前還不會，但是現在愈來愈明顯，他會習慣閉嘴和閉氣，然後用力搧擺尾鰭，加速通過河口。

並不是因為從海水游進淡水水域，鹹淡間的鹽度差別需要費點勁來調整和適應，對於小于這種善於「升降溪且上下岸型」的魚類，他對環境差異的適應力，早已超越了鹹淡問題。

之所以閉嘴和閉氣，是因為小于覺得河水裡的「異味」愈來愈明顯。

一游進河口，小于立即知覺到，水色、水質變化太大，幾乎每次都不一樣，而且一次比一次嚴重。水裡頭除了下游河川難免的含沙帶泥外，其中還富含許多雜七雜八的「懸浮微粒」；類似空氣汙染時，懸浮在空氣裡的「霧霾」。也因為這樣子吧，水色變得混濁，水質日愈濃稠，水中的能見度也因而大幅下降。

這情況，對於常在海、陸間來去，定位能力及方向辨識都相當敏銳的小于來說，就是閉著眼睛游，也摸得著來去的門路，還不致於有迷航的困擾。但小于在河口水域，常嗅覺到清潔劑味、油汙味、藥水味、肥料味和糞水味；不能辨識的異味其實更多；這些綜合起來的味道，小于並不喜歡。

海陸相連，河海相通，小于當然也知道，河口這些雜味和異味，都將隨著河水沖入大海裡。幸好海水裡的礦鹽有淨化作用，海域的寬廣和深邃也有沉澱和稀釋的容量。

「其實不難比較，只要站在海邊看海，離岸愈遠，水色愈清。」小于有次跟他們已經不再上岸的家族長老形容目前的河海景觀。

「所以，來去間，你要更勤快、更努力些。」長老勉勵小于，意思是，「年輕人，時間有限，必要加緊來去，盡快完成任務。」

有一次，小于的鄰座同學小張，捏著鼻子，身子一偏嫌棄地離開小于一段距離，斜瞪眼跟小于說：「喂，你身上有股腥味欸。」

小于納悶心想，「明明身上有氣味的是你，竟然……」

小于在海陸間來去許多趟之後才慢慢明白，氣味原來是一種習慣。小于跟海域裡的長老解釋說，「那個岸上、那個島上，大多數人的習慣，他們很少來海邊，但一來就嫌海水有怪味。就像那座島上的人，喜歡吃魚的人明明不少，但嫌魚有臭味、腥味的人更多。」

「對啊，因為不習慣就嫌棄是人性之一，你以前不是也喜歡嫌東嫌西嗎？」長老告訴小于：「不管大海中或陸地上，其實到處有鮮味，真正的腥臭，通常是因為開始腐敗。」

「優養化」是小于最近在學校裡學到的新名詞，意思是水域裡營養鹽太高，造成藻類或浮游生物爆增，使得水中缺氧，開始腐敗。小于想，「大概就是這緣故吧，每次游進河口時，常有缺氧窒息的感覺。」

「為什麼不能跟長老們一樣留在海水中，而必須這樣子忙著來去穿梭呢？」小于這樣問過自己，也問過長老。

「對我們這種魚來說，『回來』和『回去』的意思一樣，都是回家。」家族長老說：「捲浪嘩嘩響起的地方，就是你來去的門戶，這一頭是家，那一頭也是家，所以必要先學會來去穿梭，我們必須盡力來維持這條管道暢通無阻，同時也讓自己具備了來去自如的能力，當學會了這些基本能力後，我們才能選擇其中之一定居下來。」

「這樣子很像是在海陸間流浪呢？」

「儘管流浪，但記得要回家，多來去幾趟，你就會明白我們家族的神聖任務。」

小于漸漸熟悉來去必經的過程，包括需要閉嘴和閉氣衝過河口，隨後一口氣衝到定點位置，這時必須用力甩兩下尾鰭衝上淺灘擱淺，然後，使勁跳個兩下立起身來，接著，從自己腹部拉開縫隙，一縮身，俐落鑽出魚皮「外套」，再將外套整理一下，揹在背後。

最後，小于沿著河畔，一步步走去學校。

喵

那年夏天，阿料生平第一次潛水。

不是浮潛，也不是正規的水肺潛水，是討海人專用的「氣管潛水」。討海人在漁船上裝置了一部燃油引擎空壓機，拉了數十公尺長的氣管接上呼吸器咬嘴，藉以潛入水下長時間作業。

入夜後，船隻航近奇萊鼻下的海域。阿波船長指導阿料穿上防寒衣，穿戴上蛙鏡、蛙鞋，腰間繫上鉛帶和網袋。他們兩手各自持了漁槍和一把手電筒，咬住船上空壓機打出的空氣管和呼吸器，一起潛下海面。

一開始，大概是擔心阿料是個連防寒衣都不曉得怎麼穿的生手，阿波船長還游在看得見燈光的範圍內陪著阿料。

下水時，因為空壓機乾燥空氣引起阿料喉頭搔癢，他好幾次用力吞嚥口水來抑制咳嗽欲望，好一陣子才適應過來。看阿料狀況還可以，阿波船長才放心地放阿料單飛。

獨自潛游一段時間後，遇見了不少魚，但阿料始終沒有扣下扳機射出漁槍。

夜裡的魚，在電筒光束照射下，來不及逃跑的都會愣在光圈裡好一陣子。受光捕獲的魚兒是如此專注地盯著阿料手上的光，他們不像白天那樣警覺，那樣游速飛快地衝來撞去。面對這突如其來的光，魚兒們一時間反應不過來，因而遲疑、畏怯，暫時懸在光裡，像是被一只透明的光束膠囊給框住了移動範圍。

魚鰭翩翩擺水，眼珠子晶亮，就在光束的近距離下，魚兒彷如凝滯在阿料眼眶裡躑躅。「真是賞心悅目啊！」無論身體流線、身上斑紋、形色神態，或魚兒們如此專注的模樣，每一條被光束抓住的魚，都像是從黑色海水中提煉出來的一件件藝術品。

「這教我如何捨得扣下扳機射殺他們呢？」阿料心中感嘆。阿波船長應該很有經驗，也知道阿料喜歡魚，下水前，特地轉身跟阿料說了句：「你看看就好，不一定要開槍。」水下實際和魚面對面的這一刻，阿料才感受到阿波船長的細心，了解第一次下水夜潛的阿料，欣賞的念頭應該會遠大於射殺。

這時，咬在阿料嘴裡的呼吸器忽然抽動了兩下。知道有狀況，阿料踢了一下蛙腳，離開了讓他流連忘返的水下美術館。

浮出海面，原來是阿波船長拉他上來。

水面上，他們一起扳在船舷邊，然後將魚槍拋上甲板，阿波船長取下呼吸器，跟阿料比了比水面底下的手勢說：「有好看的，跟著我。」

他們再次下潛，阿料緊跟著阿波船長潛游到海床一處礁穴前，光束下，一條約兩尺長，身上有褐色曲折斑紋，嘴邊長著觸鬚的魚，就停在他們的光圈裡。

阿波船長伸手，先用指頭輕輕觸摸這條魚的頭頂，然後繼續用他的手掌摸向魚背，然後身側，然後魚腹。這條魚竟然側身，甚至半翻著身接受阿波船長的觸摸。

阿波船長半轉頭，抽回他的手，跟阿料抖了抖下巴，意思是要他也伸手試試。阿料有樣學樣伸手撫摸了這一條魚。

阿料發現這條魚瞇了一下眼，神態撒嬌，他耳膜上忽然出現一陣低沉類似「呼嚕、呼嚕」

的氣泡聲。夜半海中，阿料清楚感覺，這條魚在享受他的慰撫。

清晨返航途中，阿料問掌舵的阿波船長：「真特別呀，剛才那一條喜歡被撫摸的是什麼魚啊？」

「喵魚。」阿波船長嘴角彎曲似笑非笑地回答。阿料不曉得他是講真話，或只是隨口講講。

阿落

「為什麼會去討海？」

阿落是阿料多年的老朋友，他的外表幾分斯文，看起來比較像是拿筆的而不像是拿槍的，但他確實是在海上捕魚多年的討海人。因此，阿落常被問到，為什麼會走討海這條路？彷彿討海是種不正當、不正常或粗鄙不堪的行業。

因為戴著有色眼鏡問問題，阿落無論如何回答，都很難不被繼續追問（追殺）。於是，「喜歡海」、「喜歡魚」、「天生愛吃魚」或「天生愛抓魚」……阿落的回答從來都是變來變去的，就像熱帶海域裡多種多樣的魚。

「為什麼會去討海？」多年不見，這次，阿料故意用這樣的方式跟阿落打招呼。

「你不是問過？」阿落竟然記得。

「不簡單，還記得我問過？」阿料只好繼續這樣招呼下去：「我再問你一次的原因，是想聽聽看，這次有沒有什麼新鮮答案。」

「你貓一樣挑嘴啊，專挑鮮的吃。」

「好奇嘛。」

「好嘛，好嘛，這是最新鮮的，從來沒跟人說過的第一手原因。」大概是老朋友關係，特別優惠，阿落這次看起來是打算要認真回答，他以誠懇的語調說：「事情是這樣的，其實當年下海工作主要是因為做了一個夢。」

「好喔，好喔，這個從來沒聽你說過。」阿料愉悅地接受了好意，「是當討海人以前做的夢嗎？」

「對，你聽我說，那時候我當兵才回來，除了找人介紹，也去應徵了好幾個工作，結果都像石頭丟落海，沒消沒息。大概是做人失敗，人際關係不夠好；或者是因為沒好好唸書，學歷條件差；或者因為不善於講話；反正種種原因，就是找不到工作，於是，那陣子就做了一個這樣子的夢。」

「關於下海捕魚的夢？」

「那麼直接恐怕就沒意思了。夢裡，忘了什麼原因，大概是去參加什麼活動吧，人很多，我站在滿滿都是人的一道海堤上，我的位置恰好在海堤的外側邊緣，而且，後面還有很多來參加活動的人陸陸續續擠進堤防上來。當時的狀況是，如果後面來的人還有不停擠進來的話，我可能會被擠落海。」

「難怪大家叫你阿落。」

「你聽我說，結果呢，後面來的人沒有停止過，一直擠進來，一直往堤端擠過來。堤端前面的人怕被擠落海，也都回過頭來往後推、往後擠。我被夾在中間，而且被擠在海堤的邊緣，我的腳步不由自主地一寸一寸往堤邊挪了過去，感覺到背後有一股完全擋不住的推力。我知道這樣下去不行，趕快轉個身，伸手勾住我面前這個人的脖子……」

「前面被你勾住脖子的這個人，是男的還是女的？」阿料打斷阿落的夢話。

「拜託，這不是這個夢境、也不是我要說的重點好嗎……重點是，我身體的重心差不多已經完全傾出堤外，我只好趕緊逆腳尾（nih-kha-buè，踮起腳根），兩手緊緊勾住這個人的脖子，身體盡量往前傾，彼此臉頰靠緊，簡直就是擁抱，我試著尋找邊緣位置的最後平衡。但好像也幫不上什麼忙，整體力量還是繼續往外推。我稍微轉頭瞄了一眼自己的後腳根，狀況的確很糟糕，我踩住的海堤，我仍然踩著的這個世界，允許我站立的位置只剩下最後一寸。這關鍵時刻，我心裡『噹』了一聲，忽然就明白了整個現實。我知道，無論我如何掙扎，命運注定好，都免不了是跌落海的命運。而且這最後一刻，夢境中的我竟然還意識到，繼續這樣下去，前面被我勾緊脖子的這個人，一定會被我拖累，一定會一起跌落海。」

「所以我說是男、是女很重要不是嗎？別想歪了，我的意思是，男的也許夠力量撐住你，女的就會被你拖下海。」

「這無關查埔或查某，注定要跌下去，性別當然也不是這個夢的重點——這時我忽然覺得，應該獨自面對跌落的命運，不應該拖累任何人，管他是查埔或查某。」

「就這樣掉下去了嗎？」

「你聽我說，於是，最後一刻我選擇鬆手，而且趁最後一寸的平衡，我轉過身面對大海。」

「勇敢面對，咦，你在講故事還是在講道理？」

「你繼續聽我說，我才轉過身，腳踩空，重心一偏，身子往前一傾……」

「終於跌下去了。」

「是跌下了，奇怪的是，仆落水面前，我心裡一點也不驚慌，反而是找工作那陣子以來難得的平靜。」

「還沒落到水面啊，堤防到底有多高？」

「沒有停啊，一直落下去……」

「然後，最後一刻飛起來了，對不對？」

「錯，完全猜錯。落下水面前我忽然明白，我將要從擁擠不堪的世界，仆落去另一片無比寬敞的新領域。」

「誰說阿落不善於言詞？」阿料心想。

替吾

阿料搭乘阿牛船長的鐵牛號，航行到北海灣著名的漁場放延繩釣捕魚。清晨三點多抵達漁場，阿牛船長捕魚多年經驗老道，快手快腳放完整組餌鉤後，不到四點。天色依然黯沉，海天渾沌。阿牛船長彎身到艙裡舉出一盞「曙拉燈」，要阿料開船。鐵牛號折回頭，沿著一路浮在海面上的條狀泡棉浮球巡視一遍。

儘管烏天黯地，但航向清楚，因為阿牛手上的曙拉燈閃著探照光束，在船前引路，大約每十五公尺間隔，就能照見一顆浮球，一顆顆白色浮球就像海面上一道彎彎曲曲的航路標示，相當醒目。當然，這一長串浮球主要不是為了標示船隻航向，而是為了讓阿牛船長知道，水面底下魚隻的吃餌狀況。

大多數浮球挺立海面，底下應該已經有不少漁獲上鉤，有少數幾顆幾乎是整顆沒入水面，應該是鉤住了大魚。照理說，這樣的漁獲狀態阿牛船長應該開心的，但阿料發現，他依然板著那張牛臉，認真嚴肅地閃著他手上的曙拉燈。

巡過一輪，心裡有底，「即便不是滿載，也算是豐收了。」阿料淺淺的漁撈經驗告訴他。這時，天色恰好曚曚亮起，大概不是喜形於色的個性吧，阿牛船長始終悶著一張臉。

阿料穿上連身雨衣，站前舷邊開始揚繩拔緄，成績果然不錯，幾乎每一門鉤子都掛著漁獲，只是小魚占了絕大比例。

「啊，是一條大魚！」手上一沉，緄繩吃力，拔緄的阿料喜出望外不禁喊了一聲。掌舵的阿牛船長仍然沒什麼表情，也沒有要過來幫忙的意思。

「真漂亮的一條大魚！」漁獲終於被阿料拉浮在舷邊海面，足足八十公分長，體態肥沃飽滿，身上點點銀斑。

阿料轉頭看了一眼阿牛船長，意思是需要他過來用長鉤桿幫忙鉤住漁獲。

阿牛船長像是終於會過意來，他暫時放掉舵盤，但不是拿長鉤桿，而是隨手舷邊取了一把砍刀，一臉蠻橫地走了過來。

阿牛船長態度果斷，舷邊揮刀一砍，嘴裡喊了聲：「替吾！」一刀將拉住大魚的釣線給砍斷了。

「啊，」手頭一鬆，阿料身子後座力一仰，在船邊驚愣地想，「阿牛船長是瘋了嗎？為何放掉上鉤的這條大魚？」

「是替吾，無采工，哼！這種魚我們不要。」阿牛船長語調氣憤頭也不回地說。

「替吾，沒聽過。」阿料懷疑，大聲質問阿牛船長：「是有毒不能吃？還是不好吃？還是不合你的胃口？沒道理這麼大、這麼漂亮的一條魚不要？」

「吃是可以吃，只是搞工（kāu-kang）……」

「只因為麻煩處理就不要？」這樣浪費漁獲，阿料不以為然。

「好嘛，好嘛，不怕搞工，那下一條你帶回去好了。」

二十分鐘後，果然又來了一條大替吾，這條更漂亮，體長大約九十公分。阿牛船長拿了個空桶放在甲板上，要阿料把這條大替吾跟其他漁獲分開放。

「好嘛，好嘛，隨便你。」前來後到，對漁船來說都是難得的漁獲，阿牛船長的行為根本就是差別待遇，根本是「漁獲歧視」。阿料是有點不高興，但人家是船長，又能怎樣。

拔完緄後，除了那條阿牛船長不要、被歧視的大替吾外，其他都只是巴掌大的一般漁獲，難怪阿牛船長臉上一直沒有笑容。

當阿料掀開艙蓋，打算下去冰艙挖一桶冰上來為他漂亮的大替吾保鮮時，「哼，無采冰。」阿牛船長鼻孔出氣冷冷哼了一聲。

「啊是要怎樣？」歧視到這樣的地步，阿料真是忍無可忍，恨恨回了一句。

「自己去看看不會？」阿牛船長朝著裝大替吾的桶子抬了抬他不屑的下巴。

「唔？不見了？」桶子裡那條九十公分的漂亮大替吾不見了。

「跟你說過，無采工，無采冰嘛。」

桶子裡剩下的只是一堆不到三公分的銀色小替吾，銀色小魚，像一堆散開來的銀色樂高玩具。阿料隨手抓了一把小替吾在手上觀察，感覺有點刺手，原來每條小魚的下巴和尾柄部，都長了接榫一樣有凹有凸特化的硬質扣環。

「替吾是一種拼裝魚，平時一大群緊密地生活在一起，受到壓迫時，他們就會彼此扣合，拼裝成一條裝模作樣的大魚。」阿牛船長輕視的語調又補了一句：「根本是拼裝車概念。」

「不能吃嗎？」阿料指著桶子裡的那堆小替吾問。

「全身都是硬骨、硬刺，處理起來麻煩，而且整堆加起來也沒三兩肉，根本無采工。」

雙魚

阿固家客廳的水族缸裡，養了一條紅色的魚。

這條魚色澤特別豔紅，身長超過一尺，外形類似鯛魚，但阿固指著缸裡這條魚介紹給阿料認識時，特別說：「只是長得像，但他並不是一般鯛科魚類。」

一邊介紹，他們兩人一邊走近缸邊，缸中這條體色如玫瑰豔紅的魚，緣著缸壁快速上下，甚至在缸面打出水花，看得出來，大概是想要索取食物，或者，是熱烈地想要阿固為他做什麼事吧。

「不是鯛魚，那是什麼魚呢？」

「雙魚。」阿固說明：「雙雙對對的『雙』。」

「明明只有單獨一條，為何取名『雙』？」

「他們習性是兩條一起，之前也都是兩條魚養在同一個缸子裡，但目前他在『情傷』狀況，還在療傷中，所以缸裡只剩下他孤獨一尾。」

「情傷？這麼說，是他的伴侶走了嗎？唉……」阿料嘆氣後頭低了一下像在默哀。

「是走了，但不是你以為的『走了』，是背棄他、離開他的走了，或直接說，是跟其他魚跑了。」阿固手掌舉在唇邊特別壓低音量說：「他是被遺棄的一方。」

「愈聽愈迷糊欸，缸子裡不是只有他們兩條嗎？這情況下不可能有情敵、不可能有愛情競爭者，何況，總共就水族缸這樣的空間，即使他的伴侶不要他，又能跑哪裡去呢？」

「說來話長……」阿固停了兩秒鐘後繼續說：「唉，悲傷的事總是曲折離奇，難以說清楚，不是嗎？」

「就說說看嘛，這樣的環境下要讓雙魚變單魚，的確不容易說明白。」

「確實是這樣子的，那我就從頭講起。大約兩年多前的某一天晚上，我的一位漁夫朋友，送給我一條大約十公分長的粉紅色小魚，我就放這條魚在水族缸裡，朋友也告訴我『雙魚』

這名字。我問起魚名的緣由，他說……」

「對，跟我問你的問題一樣。」

「是，是這樣的，這魚所以稱『雙』，就是他會為你帶來另一條魚。」

「怎麼可能，難道已經在他肚子裡？」

「拜託，想太多了，又不是哺乳動物胎生，哈！哈！」阿固朗笑兩聲繼續說：「我跟你一樣好奇，於是就請教了送魚的朋友，如何『單魚變雙魚』。朋友教我，這條粉紅色小魚先養在缸子裡，餵他釋迦、西瓜或木瓜，養到他體長盈尺，體色變為豔紅，就是成熟了。」

「吃水果的魚，可從來沒聽過。」

「是這樣子的，我們一輩子中，沒聽說過的一定比聽說過的事占多數。確實是這樣子，漁夫朋友教我，這尾雙魚成熟後，就可以帶他去海邊，放他回海裡去。」

「放生？還回來嗎？」

「我在岸邊等了大約十五分鐘，這尾成熟的雙魚不僅游回岸邊，還叼著他的伴侶一起回來。他的另一半，體色跟體型跟他相當，竟然乖乖被他給叼回來。當然，這兩尾雙魚，我就一起帶回去缸子裡養著。」

「很恩愛嗎？」

「他們確實很恩愛，看了都讓人羨慕，缸子裡的這兩尾雙魚，他們最常呈現的樣態，就是彼此咬住對方的尾鰭，兩條魚盤成一面豔紅色的圓盤。」

「啊，多美的愛情，這不就合體而且圓滿成雙了嗎？」

「確實是，一切都怪我好奇和多事。看他們感情這麼好，我竟就起了這樣的念頭，想要來測試一下他們的愛情強度。因此，一起養而且恩愛了六個月後，我又帶他們回到海邊，想說，先放了舊有的那條雙魚，看他會不會像過去那樣，又去叼另一條回來。」

「結果呢？」

「結果他根本不願意游開，一直留在岸緣水邊，癡癡看著岸上攜帶式水族箱裡他的另一半。」

「足感心（tsiok kám-sim），那就別測試了吧！」

「不，當時我想，既然是測試，應該是雙向雙方都接受測試，他的伴侶也得試一下。我先收回不願須臾分離的原來這條，他們竟然在攜帶式水箱裡即刻又咬成圓滿的紅色圓盤，確實是人家說的，小別勝新婚。看他們恩愛如此，應該是沒問題的，他的另一半應該不需要再測試了，當下我腦子裡還閃過這樣的念頭。怪就怪我多事，還是動了好奇的詭念，想說，科學精神還是得測一下實驗才算完整，而且就放一下又不會怎樣。」

「不會吧？」

「確實這樣，如何也想不到的事竟然就發生了，一放回水裡，他的愛侶竟然頭也不回，直接掉頭走掉，快速游開。」

「那怎麼辦，應該趕快放他下去追啊。」

「是啊，如你說的，我就是立刻這麼做了。」

「結果呢？」

「結果是，我在岸邊等了一個多鐘頭，他才回來。而且是獨自一尾回來。才一個鐘頭，也不曉得是經歷了怎樣的折騰，他的外貌明顯變得蒼老、變得憔悴，體色也從原來的豔紅轉為黯沉，像一朵枯萎的玫瑰。我知道，這情況下，若留他在水裡，死路一條。只好先帶他回來調養。也去請教了那位漁夫朋友，接下來該怎麼辦才好？

「『別緊張，』漁夫朋友勸我說：『繼續養他一、兩個月，當他恢復了豔紅體色，表示這場情傷已經療癒，再讓他回海裡去，他很快就會去叼另一條新的回來。』」

夢魚

「說說看，為什麼那麼喜歡船？」一位喜歡問海洋問題，也喜歡跟他抬槓的老朋友終於找到新話題來問阿料。

捕魚幾年後，阿料原本木訥的個性有了明顯的改變。阿料並不是從沉默寡言變成喋喋不休，他話還是不多，而是必要講話時，有時也算是能言善道。對於朋友的提問，他解釋說：「喜歡船的理由有很多，『船』和『床』，兩者發音很像，床在夢海中航行，而船隻浮於海，漂啊漂的，船上或床上，感覺很相似，而且都很能做夢。」

「原來是這樣子阿，你喜歡航海，所以喜歡『船』。我很愛睡——我的意思是我很注重睡眠——所以我喜歡『床』。」

「對，可以這麼說，意思也差不多一樣，船上的夢或床上的夢，都可以緩解很多陸地上或現實上的壓力。」

「但航海有魚可以看，有魚可以抓，床上若是有魚，也只能在夢裡出現。」

「不，不，我的魚不僅出現在我的船下，也時常出現在我的床下。」阿料說：「魚跟夢一樣，他們很喜歡逗留在船下或床下。」

「船下我能理解，我讀過這樣的資料，船下這空間往往是魚的避難所，當魚躲在船下，會讓空中的海鳥或水下的掠食者看不見或不敢輕易接近，因此停止的船下常有聚魚效果。但床下怎麼會有聚魚效果呢？床下怎麼可能會有魚群逗留？」

「既然船下能聚魚，床下當然也行，不只發音，而且連基本功能都這麼類似，我常夢見一群小魚躲在我的床腳下，而且，魔術師一樣，當他們再游出來時，已經變成一群大魚。」

「原來你的床下可以養魚，哈哈！養多久呢，小魚才會變成大魚？」

「沒多久啊，小魚變成大魚，通常是在同個夢的時間裡快速長大。」

「你在夢裡有餵他們吃什麼嗎？不然怎麼長這麼快？」

「沒有欸，眠床腳（bîn-tshn̂g-kha）好像也只有灰塵呀。」

「灰塵，灰塵有營養嗎？」

「有可能喔，只是沒有人做研究，灰塵是時間的結晶，應該富含生活沉積下來的特殊營養鹽。」

「如果魚不是出現在眠床腳，而是在真正的船下，也會這樣子嗎？游進來的時候是小魚，游出去時變成大魚？」

「也會喔，但大概因為深度夠，養分更多，變化更快。有一次，我看見一群筆心大小的魚苗快速衝進我船隻的右舷底下，我趕緊跑到左舷看，發現衝出船底的已經變成是一根根鉛筆大小的魚。」

「他們在船下一定是吃了什麼比灰塵更營養的食物。」

「船下除了海水，也不曉得還聚集了什麼特別好吃，或特別營養的食物？」

「會不會是筆心游進去的時候，船下剛好有一群鉛筆從另一側游出來。」

「也有可能是這樣的巧合。但有一次是這樣子，一隻飛魚游進去，另一頭衝出來的，變成一條鬼頭刀。」

「哈哈！獵物游進去，獵者跑出來，這還真有趣，你在逗我笑嗎？但一樣有可能只是湊巧而已，飛魚游進去的時候，鬼頭刀剛好想游出來。」

「如果我是鬼頭刀的話，看見飛魚游進來，我一定會捨不得游出去。」阿料笑著說。

「說的也是，追食都來不及了，怎麼可能會被美食嚇到，還跑給美食追咧。」

「還有一次是整群鰹魚游進來，那一頭還真的像是被嚇到，一群瓶鼻海豚從船隻的另一邊一起跳出海面。」

「獵者被獵物嚇到，大海也實在是太搞笑了吧。」

「最誇張的一次是，一片翻車魚漂進來，另一側游出去的是一頭比船隻大好幾倍的雷龍。」

「啊，我終於懂了，終於想通了，他們在你船下是吃了什麼特殊養分的食物，才會長這麼快。」

「你說說看，你覺得他們是吃了什麼？」阿料似笑非笑偏頭看了一眼聊得起勁的這位朋友。

「我堅決認為，應該是吃了你胡謅的夢。」

狗鯊

一輩子討海，一個人一艘船在海上獨行慣了，阿料愈來愈不喜歡熱鬧，也愈來愈不喜歡與人來往。討海退休後，阿料在以前經常捕魚的鳳角岬下，買了塊農地，蓋了間農舍。

之所以選擇鳳角岬下退隱，除了這地方有不易抵達的偏遠特點外，鳳角岬的兩根犄角剛好抱住一窩小灣，小灣裡水色偏綠，海底水族繁茂，岸上有一段灰藍色沙灘，這岬灣內隱的海岸景觀以及水域裡豐美的海洋生命，是阿料過去捕魚時，曾隔海探望、憧憬了一輩子的天涯海角。

而今夢想成真。

阿料在屋後的岬灣坡地上種了些蔬果，並且收集岬下漂來的漂流木造了一艘小船。海況允許時，阿料會將小船划進灣裡釣魚，過著半農半漁的退隱生活。

岬灣偏僻，聯外道路只剩下一條得徒步登上岬頂坡度陡峭的小山徑，進出不易。登岬小徑不常走，沒多久就被荒草給淹沒了。

山岬灣窩，仿若孤島。從此，阿料過著仿若遺世獨立的隱居生活。

但好景不常，這些年來，以塑膠材質製成的輕舟相當普遍，又逢海上活動盛行，阿料家的海灣門口，常有划舟人停槳觀望。

「怎麼會有一間屋子蓋在這樣荒僻的岬角下？」「難得綠水淺灘，還真像是世外桃源啊。」「啊，根本是傳說中仙人居住的海角樂園。」一陣子來，吸引了不少好奇的輕舟，隔海討論起阿料的家園。

為了拍照，這些好奇的輕舟，一次比一次大膽，一次比一次更靠近岸緣。沒多久，阿料發現，有好幾艘輕舟集結壯膽，結夥搶灘上岸。

面對這樣的干擾，若是一般農舍，阿料大可增設圍籬，來防止閒雜人入侵他的退隱生活，然而，海岸就是這樣，形勢開放，防無可防。

阿料在灘上立了一塊告示牌，說明「私人空間，請勿打擾」。但好奇心常讓人不長眼睛，用告示牌來宣示領域的效果相當有限。

阿料也曾想過，不如養幾隻好鬥的鬥犬來看守沙灘，然後修改標示為：「岸有惡犬，請勿上岸」。但可想而知，喜歡安靜的阿料，一定會受不了稍微風吹草動就出現的惡犬狂吠聲，或者，萬一有人划舟上岸被大狗咬傷，將造成更麻煩的干擾。

想了好久，阿料終於想出了辦法。

過去在岬灣裡捕魚時，阿料曾釣獲好幾條一尺長的小狗鯊。捕魚一輩子，阿料很了解這種鯊魚，他們利齒外露，頭部又長滿不規則的皺褶和疣瘤，體色橙藍相間，長相搭配體色，這種狗鯊長得特別兇惡難看。

狗鯊成長快速，短短幾個月內，可長到兩公尺體長，他們地域性很強，喜歡跟隨船隻，有事沒事還時常將醜惡的頭部和閃亮的利齒露出海面。其實他們個性溫和，不會傷過人。

「只要放養幾隻狗鯊在灣裡棲息，對不怎麼懂魚的划舟人來說，應該會有很大的嚇阻作用。」阿料如此盤算。

從此，每次出海垂釣若是釣獲小狗鯊，阿料就將他們帶回近岸淺灣裡野放。而且，每次釣魚回來，阿料會將漁獲的一半，送給跟在船邊的這幾條狗鯊，當作是他們看守家園的報酬。

沒多久，阿料確定至少有四條身長超過兩公尺的狗鯊，時常在岬灣近岸海域徘徊。後來，划舟人只要在灣口停槳，這幾條狗鯊相當敏捷，很快就會湊熱鬧游過去小舟旁邊，跟隨小舟，並將他們的醜臉和利齒露出海面。

見著這樣的狗鯊，划舟人莫不快槳逃離，甚至還好幾次被這幾條狗鯊往外追了好一段距離。

這辦法的啟發，是來自「院內有惡犬」的點子，但阿料青出於藍的做法是運用了「灣內有惡鯊」的「欺敵」手法。

「噓，」阿料拜託大家：「請不要告訴划舟人，狗鯊魚性溫和的祕密。」

魚王

「什麼時候來我家看一條『魚王』？」有次海釣船上相遇，阿堵邀阿料去他家看魚。

阿堵個性機靈，反應快，很喜歡魚，但喜歡的方式跟大多數人不一樣。他家裡有個中型水族缸，常在缸子裡養一些奇奇怪怪的魚。喜歡魚但他不會在水族店裡買魚，阿堵覺得賣場裡的觀賞魚過於平凡無奇，有次他告訴阿料：「我想養的當然不是平民百姓。」

「難道你想養的是貴族或三頭六臂的魚？」

「對，你怎麼知道，不只貴族或三頭六臂，最好是愈怪愈好。」

「魚王？」了解阿堵對魚的特殊癖好，阿料問他：「會被你稱作魚王，我猜若不是美到讓人戀愛就是醜到變形爆炸。」

「這次猜錯了，都不是！」阿堵嘴角一揚，臉上露出賣關子的得意表情說：「來看看就知道嘛。」

魟子裡是一條體型一般但體色斑紋鮮豔的魚，底色猩紅中帶出飾紋般的橙色虎紋和黃點豹斑，周身棘刺張舉，背部幾根特長的棘刺還漂漂掛著旗幟一樣的薄膜。說不上美，也說不出怪，以阿料看魚的標準來說，不過是一條尋常無奇的魚。

「為什麼稱『魚王』？」阿料看了許久，看不出所以然。

「當然不是看外表，是內涵。」

「魚的內涵？」阿料又觀察了一陣子，還是看不出這條魚有任何形於外的王者之風，於是喃喃說了句：「難道是看氣質？」

「別小看，這條魚一身是毒，這也是他稱王的原因。」阿堵公布答案，「而且啊，可別小看，他的毒性可不是一般魚類的棘毒或內臟毒或皮膚毒而已，他身上含的毒素，可是綜合性劇毒。」

「綜合性劇毒？」

「簡單說，這條魚出生時無毒，但嗜毒如命，藻毒、魨毒、水母毒、水蛇毒，甚至菌毒或其他非生物毒……沒有一樣不愛的。」

「你的意思是，他收集了大海中的所有毒素？」

「沒錯，如果正名的話，應該稱他為『毒魚王』。」

「有多毒呢？」

「讓他扎一下，甚至只是輕輕觸碰一下，輕則起水泡、起紅斑、起紅疹，少不了一陣癢、腫、疼。若是被咬一口的話，保證當場休克。」

「這麼危險啊，那還養他幹麼？」

「別小看，他功能可多咧。平常時候，這條魚就是我的毒素測試儀，買回來的蔬果是否有農藥殘留，切一小塊當樣品，丟入缸裡，如果他不理不睬就是無毒，如果他興高采烈地吃掉，就是有毒。肉品也是，什麼抗生素或非洲豬瘟毒啊，有沒有，一試便知。」

「喔，魚竟然可以這樣子用，長眼睛沒看過，長耳朵沒聽過。」

「不只如此，附近的魚塭池最近感染了不知名的病毒，魚隻暴斃無數，請專家來診治了幾個月還是無效。於是，接受我的提議，跟我租了毒魚王帶回去三天，當工作魚，讓他去魚池子裡清毒。果然，不到三天就及時遏止了養殖人家最難搞的病毒感染。」

「租金貴嗎？」

「嘿嘿嘿，」阿堵陰笑三聲，臉上一抹神祕，「這是商業機密。」

「那這尾毒魚王，還接了什麼其他案子嗎？我的意思是，還接了什麼帶出場的商業性服務嗎？」

「有啊，水族業者或水族同好，也常常需要這種工作魚來缸子裡清毒啊。還有些重汙染工廠，包括化學工廠，也會在環境檢測日前租魚王去廢水排放口放養幾天，來降低排放水的毒性濃度。」

「哈，因為養了這條毒魚王，你最近賺很大喔。」

「嘿、嘿、嘿！」阿堵又是三聲乾笑。

一段日子後，海釣船上，阿料再次跟阿堵不期而遇。這次相遇，阿料看出阿堵臉上有倦容，像是病過一場。

「怎麼了呀？」阿料跟阿堵招呼，一邊心想，「說不定跟他家那條毒魚王有關。」

「唉呀，生了一場重病，差點沒命，幸好家裡有那條毒魚王才過了關。」

「什麼病啊，這麼嚴重？剛剛還猜想是不是不小心被毒魚王咬到。」

「不是，不是，是最近流行的輕冠病毒啊，一不小心就被感染到了，你知道的，確診後死亡率高達三成的這種病毒，即使痊癒也會帶一輩子的傷。」

「知道啊，最近兩年多來全球受災嚴重啊。」知道阿堵被感染，阿料不禁後退半步，拉了拉臉上的口罩。

「放心，我不僅已經解隔離，而且幾次檢驗都是陰性，可說是完全痊癒，不帶任何後遺症。醫生也很好奇，問了我很多次，想知道我是用了什麼祕方或什麼特效藥。」

「跟毒魚王有關嗎？」

「算你聰明，為了醫病救命，也沒辦法了，在我病情最嚴重的時候，我請家人小心翼翼地將毒魚王給宰了，燉了一碗湯，喝完魚湯後，以毒攻毒，立即痊癒。」一副幸運救回性命但又失落的表情，阿堵落寞地補了一句：「這趟出海，就是打算再釣一條回來『培訓』，我的意思是，再釣一條回來『養』。」

小魚

不曉得為什麼，這些天來的漁獲都是指頭般大小的小魚。但老船長不放棄，好幾天了，還是留在漁場繼續作業。

這些天，海上霧氣帶霾，土褐色的烏雲底下，飄著汙濁不潔且不祥的氛圍，彷彿什麼衰事正在悄悄醞釀。天際線在船邊不遠處隱隱沉垂，船桅上的無線電天線，幾乎就頂在濛濛霧靄裡，對講機沉寂了好幾天，船隻似乎是在海天夾住的低窄縫隙裡作業，也不是因為作業勞累，但海腳們個個都愁眉苦臉，感覺有一股喘不過氣來的壓力，壓迫在每個海腳的胸口。

「走了吧，船下都是小魚，再如何努力也填不滿漁艙的，走了吧。」船副阿料，起義般率先跟船長抱怨。

阿料這動作，表面上是講給船長聽，其實是希望獲得其他海腳們的認同與共鳴，然後一起迫使船長離開這快讓人窒息的小魚漁場。

「小魚累積久了，也能滿載不是嗎？」老船長斜看了阿料一眼，似乎洞悉了阿料的意圖，他以淡淡的語調輕聲回應。

「小魚無價啦，」阿料趁勢以挑戰的口吻放大聲量反駁：「抓滿一拖拉固（卡車）的小魚，還不如撈幾條大魚來得值錢，走了吧！」

「嘿，你剛好說對了，小魚無價，完全正確！」老船長眼睛一亮抬起頭說。

「那為什麼還不離開這鳥不生蛋的漁場呢？」

圍著的海腳們也都附和地點了點頭，全力支持阿料的提議。海腳們是這樣認為，既然老船長跟阿料的「小魚無價」看法一致，他們當然大膽地公開表明認同阿料「為什麼還不離開」的提議。

「小魚無價啊……小魚無價……」老船長朗聲慢慢地重複唸了兩遍，面對這場小魚風暴，老船長似乎老神在在。讓大家意外的是，老船長並未下令拔錨離開，反而交代說：「抓到的小魚留幾條配菜就好，其他的都放回海裡去。」

「這樣要如何累積呢？」「要怎樣才能填滿漁艙呢？」「要抓到何年何月何日才能返航？」「船長是不是頭殼壞掉？」海腳們只能私底下議論紛紛。海上施行的是階級管理制，船長最大，除非革命，船長的命令沒有人敢公然違逆。癥結應該是小魚吧，小魚讓漁獲不踏實，小魚讓海腳們愈撈愈心虛。

沒想到的是，隔天，不過才隔了一夜，一夕致富般，漁艙快速滿載。直到這時，老船長才下令拔錨返航。

大夥忙了一整個晚上，拉魚拉到手痠，直到破曉時分。大魚填滿、填實了整座漁艙和多日來的情緒坑凹。

「來，阿料掌舵，其他人下去睡艙休息。」老船長下達第二道命令。

返航直到半途，老船長睡了一陣子後回來駕駛艙跟阿料說：「換我來，你去休息。」

老船長接手後，阿料沒有立刻下艙休息，甲板上他躑躅了一下，才慢慢開口跟船長說：

「你說的『小魚無價』，跟我說的『無價』，意思不一樣，對吧？」

「當然不一樣，你的無價是『沒有價值』，我的無價可是『天下無敵的價值』。懂了沒？」

阿料點了點頭，他終於想通了船長的小魚智慧：「小魚若是漁獲，則小魚無價；小魚若是漁餌，小魚就有機會轉變成真正的『無價』。」

倍光

左前方是一座受浪雕鑿的黑色礁塊，昏暗天色下看來幾分猙獰，右前方築了一道往外海斜出去的簡短突堤，礁塊和突堤合抱住小小一方水域為港。

港堤邊綁了一艘漁船，堤面上孤伶伶站著一盞水銀燈照明，海風吹拂下，燈色昏暗，幾隻夜蛾繞著燈火撲光盤旋，堤外浪聲嘩嘩。

阿料特地挑選了這個既偏僻又偏遠的小漁港出海，過去一段日子來，老是在少數幾個釣場徘徊，漁獲也都是同樣那幾種魚款，這次他是想找個比較原始的漁場來試試手氣和開開眼界，於是隨機隨緣找到了這座不曾聽說過的倍光漁港，並預約了設籍在這個港的海釣船出海垂釣。

倍光漁港是個老舊的船渠型小漁港，地點還真的有夠偏僻，阿料的車隨著導航走，還是錯過了好幾個岔路口。終於，阿料摸黑來到了倍光漁港。

下車後阿料即刻發現想像和現實落差很大，這座漁港只有一段簡易碼頭，只有孤伶伶一艘海釣船泊靠。停妥車子，阿料揹起裝備走向海釣船，這才發現，碼頭突堤老舊斑剝，水泥堤面受蝕嚴重，混擬土中的石礫，疙瘩一樣，一顆顆裸露在堤面上，碼頭邊緣好幾處崩塌，露出幾根枯骨一樣的鏽褐色鋼筋。

「這會不會太『虛迷』(hi-bî)了一點？」阿料不自覺地緩了緩前行的腳步。

走近船邊一看，是一艘傳統的木殼船，舷板枯乾龜裂，船色蒼白，船齡老邁，舷板外牆密密麻麻長了許多苔藻，還真像是泡水太久、外殼長著綠色長鬚的一艘幽靈船。

「可能缺少保養吧，不然就是已經閒綁著很長一段日子了。」阿料心想，「若不是船下微波輕輕湧推，還真像是已經報廢的一艘破船。」

「這會不會太冒險了一點？」阿料猶疑。但他念頭一轉，「港裡頭獨獨這一艘，又大清早的，除非認賠放棄訂金，立刻掉頭，看來也不會有換另一艘船或是換另一家船公司的機會。」

才猶豫著要不要回頭，阿料發現堤端那頭有位人影向他走來。這人步履蹣跚，看來年紀不小。

「希望不是船長。」阿料希望。

沒料到，「阿料先生齁，這呢（tsiah-nī）早——」老人走到船邊招呼，語調滄桑聲音沙啞。「糟糕，果真是船長。」阿料心裡抱怨，「還早咧，約好的時間都過了，海釣這麼多年，還不曾遇過釣客等船長的。」

老船長的登船動作簡直遲鈍，完全像個生手，他一手攀住船欄，碼頭上緩緩舉腳跨步，想一腳踩上船舷，但又猶豫不決，遲疑間船已盪開一個縫隙。「小心點！」阿料擔心船長會登船不成而跌落海，本能地伸手拉了他一把。

幾次嘗試，好不容易終於踩上了甲板，老船長終於登了船。大概因為登船過程中感受到阿料的關心和協助，老船長從甲板上回頭看了阿料一眼。

「哇咧！」不看還好，一旦面對面，又在這暈暗燈色下，阿料心裡不禁驚呼一聲。老船長滿臉皺紋，像沙皮狗一樣，眼睛都擠成剩一條縫了。

「上來啊。」老船長跟阿料招手。

「到底該不該登船？」阿料更是猶豫了。

「咳、咳、咳……」老船長進駕駛艙啟動引擎，「咳、咳、咳……」

「是多久沒運轉了？」阿料心想，引擎啟動聲竟然像是老人家在咳痰。

足足咳了三分多鐘，船身一顫，總算啟動了引擎。

碼頭上的阿料，剛剛還想著，「最好不要啟動，拜託，最好無法啟動。」

但，竟然就啟動了。

「上船了，準備出發。」老船長從駕駛艙探出頭來，有氣無力地跟還佇立在碼頭上的阿料喊了一聲。

好像也找不到可以拒絕出航的理由，阿料只好登船。

甲板上，船艙裡到處是潮濕的霉味，而且，船速有夠慢，像是陷在海面的波峰浪谷間吃力地掙扎攀爬。

不曉得航行了多久，好不容易終於抵達漁場。日頭早已爬出海平線且爬升了一個大角度。重點是，早已爬過了破曉時分最佳的海釣時機。

「釣吧。」駕駛艙裡再次傳出老船長蒼老沙啞的聲音。他仍然安穩地坐在駕駛艙座椅上，看起來是疲乏得不想動了。

沒料到，果然是個原始粗獷的好漁場，阿料下竿沒多久，就有魚隻索餌上鉤。拉力儘管不大，但揚竿後，感覺竿底沉重。

運氣不錯喔，沒太多拉拔掙扎，阿料順利地將漁獲給拉出水面。

「哇噢！」魚體不小，大約兩尺長，一身褐藍塊斑，額頂許多皺褶，下巴一撮白鬚，兩片厚唇張開，深深吞了漁鉤。海釣許多年，阿料從來不曾釣過也不曾看過這種老態龍鍾的魚。

老船長仍沉穩地坐在駕駛艙裡，像是在打盹，完全沒有要過來幫忙的意思。

「這什麼魚啊？」阿料轉身朝駕駛艙高喊了一聲。

「厚唇伯公鯛。」老船長頭也不回地直接講出魚的名字。

「看都不看，你怎麼知道我釣到什麼魚？」阿料大聲回了一句。

「這釣點啊，只有這種老魚。」老船長頭也不回仍然看著他的遠方說：「這個釣點啊，年輕一點的都出外打拚嘍，剩下來的都是伯公級的老鯛魚。」

碎花斑魚

水質難得如此清澈，水面上下無痕無波，除了水體和空氣差異產生的折射外，能見度幾乎沒有太大隔閡。還沒下水，阿料就看見了，前方不遠的黑色礁塊後，有一截大魚的魚尾露出。

「碎花斑魚！」儘管只有魚尾露出，但阿料立即說出這條大魚的名字。

碎花斑魚，以身上多彩的碎花斑紋取勝，他們身上的碎花顏彩多變，比較普遍的花色有紅底白花或綠底黃花，一點都不輸給客家花布的工藝創作，各種花色組合都有可能。碎花斑魚算是罕見魚種，阿料觀察、研究他們超過十年。

阿料快手快腳潛下水面，往水下那座黑色礁塊潛游過去，這麼大尾的碎花斑魚難得一見，把握機會也許來得及近距離接觸。

游近途中，阿料身邊紛紛出現不少色澤鮮豔的其他魚種，但此時的阿料，像個癡心的戀人，鎖定對象後，堅心一意不再被其他目標誘惑，除了這條斑魚，其他魚在阿料眼中都是雜魚。

「至少五十公斤。」一邊游近阿料一邊心喜猜想，不夠自信吧，他又想，「不，不，沒那麼大尾，三十公斤左右而已。」

這條斑魚像是聽見了阿料心裡的左右討論，忽然掉過頭來，緩緩游出礁塊，似乎是為了前來公布答案，挺挺朝向阿料游了過來。

阿料即刻讓手掌往前掃水剎車，緩緩立起身子，他不想成為這條碎花斑魚向他游過來的阻礙。

這條斑魚游近到與阿料不到一公尺距離時，「哇噢！」阿料忍住氣泡心中一聲驚呼，「哇噢！這條斑魚全身墨色黑底，上頭灑滿白色、紅色和紫色碎花。」這條碎花斑魚是他觀察多年來，從不曾見過的大膽花色。無論罕見花色、體型大小和接觸距離，這一刻對阿料來說，簡直夢想成真。

這條碎花斑魚似乎並不介意阿料近在身旁，他款款橫身游在阿料眼前，順便公布答案。這條碎花斑魚不胖不瘦，大約四十公斤個頭，結果阿料高估、低估都猜錯了。

忽然如此貼近，有些部位看得細膩，有些反而一片模糊。這條碎花斑魚圓頭、大眼，「咦，身上竟然沒有鱗片。」讓阿料更驚訝的是，「這條魚好像沒有嘴裂和鰓蓋。」而且除了尾鰭，身上沒有其他翅鰭，這一刻阿料忽然覺得恍惚，「怎麼覺得像是一條被花布包裹著的Q版布偶魚。」

「第一次這麼近距離觀察這麼大尾的碎花斑魚⋯⋯」阿料心想，「也許因為這緣故產生的失焦錯覺吧。」

阿料是覺得怪，但一時又說不出哪裡怪。

「有了！」阿料終於確切找到毛病。他發現這條斑魚游得並不流暢，游泳動作似乎帶著設計節拍感，卡卡的，有點像機器人動作中常見的「累格」（lag）。

當這條斑魚幾乎是貼緊阿料沒有距離擦過他跟前時，阿料不自覺伸出兩掌，掌心朝外，讓這條魚的體側輕輕滑過他的掌心。

以為會是溫潤滑溜的手感。

「咦?」當魚體滑過時，阿料懷疑，這條斑魚的觸覺竟然不濕不滑，不覺得是在摸魚，倒覺得像是被一條乾燥的毛巾抹過手心。

心有疑惑，阿料讓眼睛隨後追上斑魚，「啊！果然！他尾柄部藏了根細如毛髮的小天線。」

這意外發現讓阿料立即仰頭看向水面，「到底誰在操作這條碎花斑魚?」

阿料這一仰望，像是勘破天機，忽然間，眼前的所有礁石和每一條魚，切換開關一樣，一起都消失不見了。

原本花團錦簇百花盛開的繽紛花園，忽然間蕭瑟枯萎成一片灰暗的空白。

「啊，恐怕是被設計在一場水底遊戲中。」阿料左看右看，疑神疑鬼。

終於慢慢拼湊出眼前狀況，這條碎花斑魚根本是餌，阿料受這條魚的誘惑而潛入像玻璃缸的虛擬容器裡。水面下的所有一切，都是被操縱、被遙控、被監看著的。

恍然明白後，阿料開始感到赤裸裸被監看的焦慮與不安，他冷靜告訴自己：「無論如何，趕快找到遊戲出口。」

他四下游走，但游過來、游過去，阿料似乎只能在缸體中打轉。

這場遊戲，似乎沒有出口。

當阿料差不多耗盡體力和精神想要放棄時，那條碎花斑魚再次現身。這次，這條斑魚縮躲在遠方的黑暗角落像個魅影，只剩眼神晶亮，身上原本亮麗的碎花斑紋溶解似地糊成一塊，只剩黯淡兩色。

「會不會是另一個陷阱？會不會出口就在那裡？該不該過去？」阿料心思孤寂，完全拿不定主意。

佐佑

左側邊是一大片珊瑚堡礁，右邊是大洋，阿佐是生活在珊瑚礁裡的底棲魚類，阿佑是生活在大洋中的巡游魚類。

阿佐的家是堡礁定點，阿佑隨海流巡游，仿若週期循環，他們一段日子見一次面。生活領域原本互不相干的佐、佑兩條魚之間，因緣際會，出現了不一樣的幾波水花。

「哈囉，哈囉，一直游來游去，不會累嗎？」有一次，阿佐跟銀花花一大群游過他們珊瑚礁右側領空的巡游魚群打招呼。

「我們從來沒有想過會不會累的問題欸，倒是看你們一直留在同一個點上，這樣的生活不會無聊，不會厭倦嗎？」阿佑游到群體邊緣往下看著阿佐說。

「怎麼可能厭倦，看仔細點，我們家可是五彩繽紛的喲，還有一大片透明乾淨的海水。請問，請問，你們的家到底在哪裡呀？」

「我們習慣四海為家啊，我們這群兄弟姊妹們圍起來的範圍就是我們的家，我們的家沒有固定形狀，隨著生活不停變化，也一直都在移動，我們是帶著家在旅行。」

一個動，一個靜，才幾句話交會，他們已經通過了彼此。

原來以為佐佑間的命底就這樣子，短促交會，然後一輩子錯過。

沒想到，一段日子後，海流又帶著阿佑回來。

佐佑又見面了。

「要不要來跟我們一起巡游？」這次阿佑先打招呼。

「我才想說，你要不要停下來一次……」

「我會照顧你。」他們同時說了同一句話。

阿佑心裡一直很羨慕阿佐穿著一身美麗的衣裳；阿佐心中默默欣賞阿佑一身如此精幹結實。

阿佑想，「如果我穿上跟阿佐一樣的花彩衣裳，不曉得會是什麼樣子？」阿佐心想，「若是能跟著阿佑巡游一趟回來，我的體能體態應該會健實許多。」

多想了一下，這次，佐佑又通過也錯過了。

大海開闊，危機四伏，誰也無法確定，他們會不會還有下一次見面的機會？

阿佑他們家族的巡游，沒有固定游蹤，有時順流，有時逆流，有時候游深一點，也有時候游淺一點，好像也沒有誰在做決定，感覺上，彼此間好像有一股集體湊成的意志，又好像整個群體是受到某種無形的力量所牽引。

認識阿佐後，巡遊途中，阿佑常想到那片繽紛多彩的珊瑚礁，也好幾次想到一直停在那裡的花裳阿佐。

尋常日子裡，阿佐常側身抬眼，看著右邊的天空。阿佑也時常不自覺地注意著左下方。

隔了很長很長一段日子後，多大的緣分啊，阿佐與阿佑再一次見面。

「我應該是停不下來了。」這次阿佑的語調有點無奈。

「我可能也沒辦法一直游、一直游。」阿佐也是。

「我離開我的家一下子，你也游開你的家一下子好嗎？」阿佑提議。

「好！」阿佐附議。

阿佑離開家族，從空中群體中降下一段距離；同時，阿佐從五彩繽紛的家起飛。

精壯樸素銀灰色的阿佑，和衣裳綺麗的阿佐，他們都盡量伸長了胸鰭，終於在半空中緊緊握住。

「嗨！我是阿佐。」

「嗨！我是阿佑。」

他們眼睛看著眼睛，他們游上、游下，帶下來或帶上來的海流，圈圍著他們盤繞，他們被海流帶著旋轉，身體緊貼著彼此。

會面時間很快到了，不得不的關鍵時刻，他們才放開握在一起的胸鰭，他們將分別回去上面和下面。

匆匆道別後，他們分開游了一陣子，才恍然發現錯誤。

阿佑竟然頭部往下朝著五彩繽紛的珊瑚礁直直游去，而阿佐飛天一樣，一直一直努力地往上游。

巴利

阿拚船長的漁獲量始終獨一無二，村子裡的漁人想盡辦法，港內、港外跟隨、跟蹤，想知道他到底偷偷藏了什麼撇步。

排隊一樣，村子裡的漁船排成一條龍隊型陸續出港，龍頭當然是阿拚船長。大家跟著阿拚船長來到漁場，長龍捲曲成一條蟠踞的蛇，阿拚船長是被圍在中央的蛇頭。

同樣漁場，同樣一根釣竿掛餌垂釣，但阿拚船長的漁獲仍然遠遠勝出。他放在船上的釣竿、釣線、整組釣具，不曉得被村子裡的漁人偷偷檢驗、研究過多少遍，但還是看不出有任何異樣。

「關鍵應該在漁鉤吧。」阿料以他細膩的觀察經驗判斷：「因為阿拚船長的船上從不曾見過任何漁鉤，他應該是刻意帶走了關鍵的鉤魚竅門。」

隔天作業時，阿料特地帶了一副高倍望遠鏡，隔一段距離對阿拚船長仔細觀察。回港後，阿料宣稱除了漁鉤外還找到新事證，要大家圍過來聽他講：「是這樣的，我發現他用活餌釣魚，餌料不小欸，大約有一隻手骨這麼長。」

「他到底用什麼魚當活餌？」

「有距離看不出來吶，什麼魚當餌應該不是重點，重點是他用活水艙裡的活魚作餌。」

隔天作業時，大家有樣學樣，全都帶了大約一隻手骨長的活魚當漁餌。不過，那天的漁獲結果，大夥兒全都槓龜落空，唯有阿拚船長仍然一枝獨秀。

大家想盡辦法拚了一陣子，還是拚不過阿拚船長。最後失去耐性，阿料狠下心，顧不得討海人的基本尊嚴，望遠鏡也不用了，直接就將他的船開到漁場裡，與阿拚的船並肩，要流氓逼車似地，就在舷邊瞪大了眼，表明就是要當著阿拚船長的面仔細看他如何作業。

阿料這樣的行為，對討海人來說，一方面是昂頭霸氣地跟阿拚船長直白表明：「我就是要來模仿你，怎樣！」另方面，也算是低聲下氣的俯首認輸，表示來跟阿拚船長討教學習的意思。

阿料這行為在村子漁人間反應兩極，有人會認為，這樣就認輸很沒面子，但也不少年輕輩漁人鼓掌叫好，他們認為，霸氣就是該這樣不顧顏面、不擇手段，就是該這樣敢拚、敢衝。

阿拚船長當然知道怎麼回事，也不排斥，他大大方方地就在阿料面前刻意放慢動作，意思是，「看清楚喔，我只示範一遍。」

首先，阿拚船長從活水艙取出一條活餌，原來如此，他用的活魚餌是一條虎斑條紋但全身藏青色的巴利魚。

「原來，阿拚用活餌但不用漁鉤釣魚。」阿料看仔細了，「原來那條巴利魚就攀在阿拚船長的漁線底端，然後慢慢垂下海面。」

之後，阿拚船長甲板上點了一根菸，在船邊等待漁訊。

大約一根菸時間，竿頭扯了一下，阿拚船長慢慢收線，最後，出水的畫面是那條活餌巴利咬著一條比他身長大兩倍的虹鯛上來。

阿拚船長從巴利嘴裡取下漁獲，並將這條活餌巴利放回活水艙中，然後，他用力一扯，將這條虹鯛的鰓連著內臟血淋淋的整串給拉出來，再將內臟丟入活水艙裡。活水艙裡即刻霹霹啪啪傳來一陣爭食的水聲。

「這是報酬。」阿拚船長轉頭跟阿料說：「我的活水艙裡有六條巴利，他們都是受過訓練的魚，六條輪流當餌，他們的牙齒銳利而且還長著倒鉤，他們行動迅捷，體能驚人，能咬住並拖動比他們身子大五、六倍的魚。下水後，他們就到處鑽，到處找，再深、再崎嶇的礁穴也難不倒他們。我的釣組，說穿了，只是他們的升降梯。」

「原來，難怪一直找不到你的漁鉤。」

「好了，全部都清楚明白的示範了一遍，還有其他問題嗎？」阿拚船長大器地朝向阿料彎腰作揖。

「啊，」阿料有受寵若驚的感覺，「那就不客氣問了，請問巴利魚怎麼訓練？」

「這就沒辦法嘍，這是討海機密。」

「好嘛，好嘛，那我再請教另一個問題。」

「好喔。」

「你放下去的活餌巴利，不會被其他魚吃掉嗎？」

「當然也會，有一次一根菸還沒抽完，竿頭就傳來緊急信號，我知道有狀況了，趕緊用最快速度將升降梯拉上來。好險，拉到水面時，我的巴利魚完好，只是後頭追上來一隻大尾巴利。我的巴利在水裡的食物鏈位階，天不怕，地不怕，就怕大尾的野生巴利。」

③ 流落

小于揹著魚背包，化作人形上岸，當然不只是為了上學求知識，當然也不只是因為這座島上已經將海洋教育列為教育政策並廣為推行。

小于上岸的另一個任務，就是要在這所學校裡找到，過去因為種種因素而流落、而受困在島上的族人。過去，因為地殼變動造成陸封，有不少族人從此滯留在島嶼岸上；後來也有不小心擱淺的，或是被捕上岸後僥倖脫逃的……

這些同族同類，一代一代岸上生活久了已經重新適應，已經忘了海水裡還有另一個家。大概是為了提醒，老一輩的長老們，會在兒女的姓名上布下未來尋根的線索。

小于在學校同學中，會特別留意名字裡有「於」、「餘」、「于」、「余」或「虞」的同學。

上岸上學沒多久，小于就發現有個女孩，下課時間，當大多數學生都在操場、在走廊上追趕跑跳碰加上嘶吼吶喊的時候，每次都看見她靜靜坐在校園角落的水塘邊，盯著水池子裡看。

「嗨，你在看什麼呀？」小于過去打招呼。

「看魚。」女孩抬頭看了一下小于，又低頭指著游過池邊的一條白底紅斑的錦鯉魚。

「喜歡看魚？」

「從小就喜歡，也不曉得為什麼。」

「流線優美，行為優雅，我也喜歡看魚。我是『小于』，『鳳凰于飛』的『于』，不是『魚市場』的『魚』。五年乙班。」

「我是『小虞』，『虞美人』的『虞』，不是『美人魚』的『魚』。六年己班。」

互相介紹時，雖說自己不是美人魚，但小虞長得眉目清秀，姿態嫻靜，兩條辮子披在肩上，雖然才小學六年級，但已經是不折不扣的「魚美人」了。

「八九不離十！」小于還想多問一些問題來進一步確認，不巧，上課鐘聲剛好響起。

「沒問題。」小于認為，魚做為連結，又在同一個校園，他們不會錯過。

他們並未相約，但下課時間，自然而然就會在水塘邊碰面。

「又來看魚嗎？」

「嗯。」

「我也是來看魚的。」小于一魚雙關微笑地問小虞：「除了池子裡的淡水魚，你也喜歡大海裡的海水魚嗎？」

「應該說是更喜歡吧，每次有機會到海邊玩，不曉得為什麼，我都會一直、一直看著海，甚至看到發呆。這樣子看海，雖然看不到魚，但我知道這麼開闊、這麼深邃的水面底下，一定到處都是大大小小各種各樣的魚。」

「常去海邊玩嗎？」

「小時候我爸帶著，比較常去，後來，那裡出了事，聽說是有人下去玩水，發生了溺水意外。之後，那個海邊就被有關單位認定是『危險海域』，派駐海巡人員嚴密監守，再也不准人下海玩水。到後來，想去那個海邊走走，就會受到各種限制，變得很不方便。」

「可以請問，你爸爸在哪裡工作嗎？」

「我爸爸是漁夫。」小虞像是必要進一步解釋什麼似地趕快補充說明：「但我爸曾經告訴我，他並不是因為喜歡捕魚而去當漁夫，是因為他很喜歡海，是因為我們這個海島啊，要接近海的規定特別嚴格，一般人若要搭船出海，都要接受身分證件檢查，或是被盤問，感覺不是很自由，我爸只好選了方便的路走，就是上漁船當漁夫。也因為這樣，常被我媽嫌東嫌西的，問他幹麼從事這種既危險、又辛苦、又賺不到錢的工作呢？」

「你認為？」

「我並不反對，當我想到，能開船在大海中來來去去，又能看見水面下各種各樣的魚，對我爸來說，討海應該是很愉快的事。」

「你爸愛吃魚嗎？」

「很愛。我們家好像分成兩國，我媽和我弟討厭吃魚，但我和我爸都很愛吃魚。而且，我爸常親手處理、料理魚給我吃。」

「家裡還有誰？」

「就爸爸、媽媽，還有一個弟弟，四年級。」

「我可以送你一樣禮物嗎？」

「什麼禮物？」

「我揹的這種魚背包。」

現撈

阿於從小愛看魚也愛吃魚，他的工作是漁夫，也是魚販。他自己抓魚自己賣，算是小規模的討海個體戶。

阿於賣的魚，保證新鮮，或者說，保證是「現撈仔」（hiān-lâu-á），因此生意不差。

「現撈仔」這個詞，一般來說，指的就是來自當地海域捕撈並且未經冷凍處理的漁獲。這個詞是魚市場特地用來跟遠洋冷凍漁獲、養殖水產，或進口冷凍魚貨做區別的指稱。

阿於是個很特別的漁夫，他既沒有漁船，也沒有漁鉤、漁網這些基本漁具，他所有所有的漁具，只是一根簡單的網杓子。如此有限的漁撈裝備，還敢自稱漁夫，還敢「現撈現賣」，其實並不容易。如果憑一根網杓子撈魚就能當漁夫、當魚販，那世上恐怕沒有不是漁夫或魚販的人了。

不只漁具簡單，包括容貌、穿著以及待人接物，阿於給人的感覺就是簡單樸素。阿於的魚攤子擺在海邊，沒有左鄰右舍，是個獨立攤位，攤子結構也是簡單到不能再簡單，檯面不過是個三尺乘三尺的小檯桌，四面鏤空，四根木棍撐起上頭一片靛色帆布當遮陽棚。當他擺攤賣魚的時候，阿於小小的魚攤子上，沒看見任何一條魚貨。也因為這樣，阿於的魚攤子附近也就不會有用來保鮮的冰塊，以及紛紛雜雜沾著血腥和黏液的保麗龍箱子。

可以這麼形容，阿於小小的魚攤子，乾乾淨淨，清清爽爽，幾分像是觀光景點常見那種提供遊客詢問的簡易攤位。站在攤子後的阿於，穿著青蛙裝，臉上始終帶著熱帶海風般的溫柔微笑。

「啊你要賣的魚在哪裡？」阿料走到魚攤子前問阿於。

阿於勾起手臂指向耳後說：「在後面。」

阿料歪了一下身子讓視線閃過阿於，留意到魚攤子後面並沒有什麼魚箱子或冷凍櫃。攤子後面就是一大片海岸內凹形成的一小片水色，那是並不怎麼清爽的天然小澳。阿於的意思是，他要賣的魚，還在這片小澳的池子裡游著。

千萬別誤會，澳底池子裡的這些魚，可不是阿於餵養的魚，不然就不符合「現撈仔」的標準。澳底池子裡的這些魚，都是從外海自己游進來的野生魚。

來跟阿於買魚的看起來都是老顧客，他們來到魚攤子前，阿於會以海面輕柔漣漪般的微笑招呼說：「今天買什麼魚？」

「紅色的。」老顧客不說魚的名字，也不說魚的大小，只說魚的顏色。也有顧客會說：「黃色的」、「橙色的」或「白色的」。

「好滴稍候。」阿於一聲輕快回應後，拿起網杓子，轉身涉入小澳的池子裡現撈。澳底池子的平均深度大約到阿於的腰際，水質不僅混濁，看他下水後悠緩的撈魚動作，甚至還會讓人覺得水性黏稠。

阿於之前跟阿料解釋過，這樣的水質並不是汙染或骯髒，而是由這裡特殊的海床底泥所造成。聽說跟遠古時代一連串火山爆發有關。這樣的水質，富含某種讓魚類興奮的營養鹽，類似人類的嗎啡，或貓咪的貓草，因此吸引不少外海的野生魚類游進來索食。

因為水質黏稠，又因為吃了迷幻藥似的營養鹽，進來池子裡的魚游速變慢，通常還有點恍神，也因為這樣，所以阿料的漁具，簡單一根網杓子就夠用了。又因為水色混濁，看不清楚是哪一種魚，也看不清魚體大小，只能用顏色和直覺來辨識。

「說起來那麼容易，那其他漁夫不會也這般有樣學樣地擠過來這裡，跟你競爭這些魚嗎？」阿料提問。

「嘿嘿嘿，就是只有我撈得到，不相信，你也可以下去試試。」

「為什麼只有你撈得到？」

「也不曉得為什麼，但很多人來問過很多次，也下去試撈過好幾次，就是只有我撈得到魚。」

「請教老闆貴姓大名？」

「姓盧名莫於，大家習慣稱我『阿於』。」

拉拔

貪嘴後，嘴角一緊，你原本的自由自在轉瞬間變為壓迫的力道，你所有的行動開始受到限制，而且只能察覺到這股牽制你的力量，來自水面上看不清的一道陰影。

面對這突如其來的改變，你先是驚慌盲目地四下衝撞了一陣，但是無論如何衝撞，你嘴裡咬著的這一道幾近透明的線，始終保持彈性一直牽扯著你，無從擺脫。

無論你如何掙扎，牽著你嘴角的這一道線，還是強拉著你轉身，拉著你必須回頭面對岸上另一端的對手。

直到這時，你才後悔懊惱，因為貪吃、因為不夠謹慎而上當受騙。

一陣驚惶錯亂後，你喘著氣告訴自己，必要冷靜下來，必要在最短時間內找到改變局勢的策略。剛才那一陣胡亂的掙扎和衝撞，只是稍微延遲了被拉過去的時間，但這場拉拔或說這場競爭，彼此的主、被動狀態並沒有因而改變。

時間剩下不多，就像剛才拉拔掙扎耗損掉的體力，只會愈來愈少。輸贏快步向你接近，而你只能猜想，岸上跟你拉拔的對手，「他是誰？他擁有多大能耐？」你試著左右迴擺，放慢動作，不再胡亂衝撞、胡亂掙扎。你試著調整自己的行為，也測試一下對手的反應。

這一小步調整，你立即感受到另一端拉拔對手不同的回應。因為你放慢動作的調整，他快速收緊了你們之間的進一步關係。

為了證實你的猜想，你試著稍微反向小衝了一小段，然後緩下來觀察。完全沒猜錯，拉拔對手的反應如你所料，「你衝刺他鬆弛，你鬆懈他緊繃。」

對方的反應非常明顯，儘管他只是岸上朦朧的影子，但他與你的互動，透過這一道線，彼此的關係變得如此敏感而緊密。

「表面上你受他牽制，但是他非常非常敏銳地回應你的任何動作和任何改變。」事實上，是他受你行為的牽制。

想通了這一點後，你終於明白，「主動或被動，不過一念之間。」

明白了這一場拉拔的機竅，他撐持的表情彷彿近在眼前。這時，你還撥出心思懷疑，「他也在這樣子想我嗎？」

反被動為主動後，你開始思量，「這場拉拔的輸贏勝敗，他能做的，就是盡他所能地來維持這道線上的恰當張力。」答案似乎顯而易見，而你能做的，「當然就是盡力來破壞這道線上的平衡。」

這一刻，你心中已經有了斷裂這場拉拔的戰略，但你還在思考的是，「如何有效逆轉上當受騙的局勢？」

這個念頭，很快在你腦子裡轉化為具體的行動步驟。

做成決定後，最後，需要的是決心。

你蓄足了勢，全力鼓動尾鰭，使勁讓尾鰭做出最大幅度的掃擺，一鼓作氣，朝他的方向衝了過去。

他手上的線頭一鬆，果然上當，誤以為你已脫鉤，害怕失去你的慌張情況下，他快速收線。

還在水下衝刺的你心裡默數：「一、二、三、四、五。」再次蓄足了最後關鍵需要的力道。然後，你翻身一百八十度迅猛回頭，用你最大的勁道，背著他，全力衝出你這輩子生命的最高速度。

這時，岸上處於被動地位的他，因為看不見你，又無從知道你已翻身迴轉，還在慌張地快速收線。

當你堅持不再回頭，相逆的這兩個力道，這兩股脈衝，很快的，將在這同一道線上激烈地撞在一起。

當然不會有火花，而是「噹」一聲單音。

如琴弦繃斷。

爛尾

七月半，爛尾魚漁季，挪威號船長阿普，邀阿料搭他的船出海釣爛尾魚。

「帶什麼餌呢？」阿料問。

「帶釣具就好，餌料我準備。」

挪威號邁浪離港，航程大約一個鐘頭，船隻航抵爛尾魚漁場巒偉灣。

巒偉灣因陡峭的巒偉山脈環抱而得名，灣裡常見山巒疊翠峰影疊蕩，特別是農曆七月半過後的風平浪靜時段，山海互映，灣底景色清幽宜人。

挪威號航進溫和的巒偉灣，船尖剖開的浪褶漣漪，一波波顛搖起海灣裡翠綠色的山巒倒影，悄悄蕩開了這一天你們海釣爛尾魚的序幕。

航入灣裡不久，阿料發現，灣底其實並不平靜。

一團團白沫水花在挪威號船邊撲起，這邊一團熱鬧沸騰才停息不久，那頭又撲出一窩嘩啦水花。水底下像是到處設了大型爐具，輪流著煮水，讓灣裡的沸水一鍋未平一鍋又起。

「看到嗎，看到嗎？流水來了，整片海灣裡密密麻麻都是爛尾魚在搶餌。」阿普船長看到四處水花昂揚，獵性受了鼓舞，語調帶勁。

「他們在獵食嗎？」

「沒錯！沒錯！他們在搶食呢。」

「他們搶什麼餌啊？」

「他們回家吃自己。」

阿普船長回答阿料時，還歪著頭一直注視著船邊的一沱沸騰水花，根本是見獵心喜，早已心不在焉。「怎麼可能吃自己呢？」阿料心想，「顯然阿普船長只是在糊弄我，隨便講講。」

灣底停了船，阿普船長匆匆從艙裡取出釣繩、釣鉤，你們兩人快手快腳很快綁妥了釣組。

「餌呢？」

阿普船長手持釣組，用眼神甩了一下甲板角落裡的一只肥料編織袋。阿料過去打開袋口，一陣腥腐味從裡頭冒了出來。編織袋裡六分滿，大大小小全是腐敗生蛆的魚隻尾鰭。

阿料轉過頭，手一攤，皺起眉頭和鼻頭，看著阿普船長。

阿普船長明白阿料的懷疑，以肯定的語氣回答說：「沒錯，袋子裡的就是釣爛尾魚的漁餌。」

半信半疑，阿料捏著指尖勉強將一只有夠臭的爛尾掛在漁鉤上，拋棄穢物般盡快將餌鉤拋下船邊。

沒料到，桿尾立即傳來漁訊，竟然有魚上鉤。

阿料快手將漁獲提上甲板，果然是一條壯碩的爛尾魚。

爛尾魚的形體特徵在他的尾鰭，一如其名，每一條爛尾魚的尾鰭，不曉得什麼原因，都是破破爛爛的。

這波流水恰當，爛尾魚頻繁吃餌，你們兩人拉魚拉到午後，連交談的空檔也沒有。甲板上到處是爛尾魚，你們忙到沒有時間將漁獲處理到漁艙裡冷藏。

直到午後，流水過了，爛尾魚群不再索餌，你們才得以喘口氣，稍微休息。

「這種魚啊，流水一到，好像吃了迷幻藥一樣，集體亂咬，而且還會互相咬來咬去，所以啊，每隻魚的尾鰭都被咬得碎碎爛爛的；也不曉得為什麼，愈臭愈爛的尾鰭，他們愈喜歡咬；也因為這緣故，才被叫作『爛尾魚』；其實啊，叫他們『無尾魚』也可以。」阿普船長喘口氣後，以豐收愉悅的語調跟阿料說明。

「爛是爛還是有尾啊，怎麼又變成『無尾』呢？」

「等一下就會變成『無尾』。」阿普船長讓挪威號滿舵迴轉，準備返航。

「又在亂講了。」阿料了解阿普，早已見怪不怪。

「你來，我去忙。」阿普船長要阿料過來掌舵。

「阿普船長應該是要去收拾甲板上凌亂的爛尾魚漁獲吧。」船隻航出巒偉灣後，阿料修正了返航角度，催了些油門後，回頭看向甲板。

阿普船長集中了甲板上的爛尾魚，疊成甲板上一堆爛尾小山，但他並未將漁獲置入漁艙，而是拿了一張矮凳和一把砍刀，坐在魚堆旁，動手將每一條爛尾魚的爛尾給剁下來。

「原來如此。」阿料問：「是因為他們的爛尾會讓賣相影響賣價嗎？」

「不，不是賣價問題。」

「那又何必浪費時間一條一條地剁呀。」

阿普船長繼續剁他的爛尾，頭也不抬地回答阿料：「不然，你以為剛才釣魚的餌從哪裡來啊。」

伊甲

你們幾個喜歡魚的好朋友一起去潛水看魚，下水後各自找各自喜歡的魚，一下子就游散了。

不曉得為什麼，阿料下水不久，就被一大群伊甲魚包圍。一開始還好，但被包圍一陣子後，愈來愈覺得是被一群蒼蠅或一群野蜂糾纏，感覺不對，潛水多年的阿料不曾遇過這樣的事情。阿料開始揮手驅趕他們，但無論他如何大動作揮趕，這群伊甲魚都能巧妙閃躲，然後回來緊緊包圍。

「也不曉得其他夥伴的水下遭遇是否跟我一樣？」阿料被這群伊甲搞得有些厭煩。

伊甲魚顏色多樣，最常見的體色有粉藍色、粉黃色、粉紅色和白色，也有木紋和帶著金屬體色的，偏長的剪式尾鰭是這種魚的特徵，他們通常由多種顏色的魚混合成群，並緊密地生活在一起。他們性情一般沉靜，但今天的伊甲魚顯然過度活潑，甚至有些躁動。

阿料用力划臂踢腿設法游開，但這群伊甲隨後立即跟上，不管阿料游到哪裡，他們就跟到哪裡。彷彿阿料身上塗著濃郁的蜜，而他們是一群緊緊跟隨的蜜蜂；也有可能是他身上發出腥臭味，而他們是一群貪腥的蒼蠅。

嚶嚶嗡嗡、喀喀咖咖、密密麻麻，這群伊甲魚紛紜擾攘地圍住阿料湧滾、盤繞。這年代啊，潛水時還能被魚群包圍，其實是難得的好運氣，但無論如何必要適時、適量才會是賞心悅目的好事。但這天的這群伊甲魚，顯然超過太多。

從阿料潛下水裡的第一刻開始，到現在整整十五分鐘過了，這群伊甲依然緊緊圍住阿料纏黏。

「好了，到此為止！」阿料不勝其擾地口吐大量泡泡，瞪大眼珠子，手舞足蹈，全身使勁顫抖，心中大聲吼出對這群伊甲魚的高度不滿。

這群伊甲，哪裡懂得阿料已經忍無可忍，依然緊黏著、緊貼著他。這狀況引發阿料好幾次懷疑，自己是否下水前吃了什麼氣味過於濃郁的食物，或者是自己身體出了什麼狀況？

無論阿料如何揮拳踢腳表達他的不耐煩，但水裡頭是魚的世界，他們的行動比阿料俐落許多，再如何誇大的揮舞動作，就是碰不著也嚇不了他們。

也許是因為阿料這一連串粗魯的揮趕行為，犯了什麼禁忌，或招惹了他們什麼，有幾隻大膽的伊甲，報復似地衝過來啄咬阿料。

魚性就是這樣，有樣學樣，愈來愈多的伊甲過來啄咬阿料。

他們似乎特別喜歡啄咬阿料身上突出的部位，髮端、鼻尖、耳廓、嘴唇、指尖、乳頭和其他懸垂的重要部位。

幸好伊甲魚的牙齒並不怎麼銳利，但阿料身上的這些部位原本敏感，一旦被大群伊甲攻擊並如此啣住、咬住，確實是又疼又癢的。

攻擊阿料的伊甲愈來愈多，也愈來愈大膽，阿料全身上下掛滿了咬在他身上各種顏色的伊甲。受不了疼癢，但阿料知道，如果粗魯地動手去扯掉他們，那疼癢就不會只是表面而已。

被這一大群伊甲魚這樣子糾纏，也沒辦法觀賞其他魚了，只好放棄這趟潛水，阿料敗興地游回岸上。

沒料到，這群始終纏著阿料的伊甲魚，當阿料步上灘岸時，竟然還不鬆口，竟然還是緊咬著阿料不放。

咬住阿料的伊甲魚，隨著他上岸，被阿料整掛、整串地提上岸來。

跟阿料一起潛水先上來的朋友們，看阿料出水的這副模樣，紛紛笑歪了嘴。

「笑屁呀，還不趕快過來幫忙！」阿料氣憤地對訕笑的夥伴們吼了一聲。

似乎熟知這種魚的習性，夥伴們過來幫阿料，一一取下掛咬在他身上各個重要部位的伊甲魚。

原來，只要按壓住伊甲的剪式尾鰭，他們便會鬆口，便能輕鬆地將一隻隻咬在身上敏感部位的伊甲給取下來。

取下來的伊甲魚，被朋友們丟在一只裝魚的籮筐裡，竟然也裝滿半籮筐多。

「如何處理你的魚？」朋友們指著籮筐裡的伊甲問阿料。

「留兩隻烤來吃，其他的都放回去吧。」阿料建議。

「不好吃吧，看起來乾乾柴柴的，一身都是骨頭。」

阿品

為了切磋釣藝，阿料約了已經退休的老漁夫阿品出海釣魚。

阿料一向很講究裝備，釣具樣樣齊全：碳纖高敏感六尺船釣竿、八齒輪高強度捲線器、超韌性耐磨三十磅卡夢釣線、閃閃發亮的伊勢尼釣鉤……隨便加一加，阿料的釣具至少三萬元起跳。

讓阿料意外的是，阿品的釣具只是一綑隨便捲在木板上，俗稱「鱔魚骨」的淺綠色編織線，線端綁著的是那種沒有金屬光澤的廉價魚鉤。他的這組釣具總價不超過一百元。

兩人的裝備怎麼比，若形容阿品開的是國民車，阿料的釣具水平恐怕已經是最新款的特斯拉。

航抵釣場，兩人分頭組裝釣具，阿品轉頭看阿料一身「精品」，有點不好意思地說：「我只有這條『手繩仔』。」

「你不用釣竿？」

「這就是。」阿品拍了一下自己屈起的胳臂。

「我所以選擇這款碳纖釣竿，是因為這竿子彈性佳，能有效化解上鉤魚隻的衝力，而且竿尾對漁訊相當敏感。」

「這是我的竿尾。」阿品張縮了兩下右手掌的五根指頭。

當阿料還在組裝釣具時，耳裡一聲「噗通」，阿品因為釣具簡單，已經快手快腳地將餌鉤拋下水面，開始釣魚。

當阿料的「噗通」聲響起時，阿品已經拉上來他的第一條漁獲。

阿料裝備精良，海釣多年，也不是省油的燈，緊跟著也順利開胡，快速拉上他的第一條漁獲。拿他們這兩條開張的漁獲比一比，阿料釣獲的這條魚，無論長相體型、體重或魚品，都超越了阿品的第一條漁獲。

一整天下來，最後，來比較一下兩人的漁獲成績。

讓人意外的是，無論漁獲尾數或總重，阿料的特斯拉與阿品的手臂直感式國民車釣法，不分軒輊，強強打成平手。

返航途中，阿料仔細回想這趟釣況，阿品應該是贏在他釣組掛底只有三次，而阿料一共九次。而且，其間阿料還斷鉤三次、斷線四次，還有兩次是子繩、漁鉤、鉛錘整組去了了（khì-liáu-liáu）。釣組掛底要花時間拉扯，若是斷鉤、斷線，就得花時間重新組裝，比較起來，阿品是贏在比阿料少了些「故障排除時間」。

但這場較量，若是以成本來計較的話，阿品應該是完勝。

「為什麼你掛底機率這麼低？」阿料想知道，他的特斯拉為何沒有如願讓阿品的國民車只能遠遠看見他的車尾燈？

「魚隻吃餌剎那，就要做判斷。」

「怎麼說呢？」

「魚有很多種，但魚性大約分成三種。吃餌剎那，我會判斷他屬於哪一種，才能應對得宜。」

「有哪三種？」

「第一種，剛猛型的，這種魚就跟你拚第一下，對付這種魚，我們反應要比他快，瞬間綳緊釣線，跟他硬碰硬搶第一瞬間。拚不過的話，整個釣組就會被拖進礁穴，然後掛底，然後斷線。」

「第二種呢？」

「野蠻型的，這種魚拚全程，從上鉤的第一秒一直拚到最後一秒。這種魚就不跟他硬碰硬，最好是以柔克蠻，軟軟地跟他耗，早晚就是你的。」阿品船長繼續說：「第三種是溫文型的，不掙、不扯，放著讓你拉，這種的就要特別特別小心……」

「這我就不懂了，釣魚的原理不就是『遇強則強，遇弱則弱』嗎？面對這種弱的，不是一路直拉上來就可以了嗎？」阿料搶話。

「你聽我說，這種魚的性情往往深沉，他跟你拚介面。」

「拚介面？」

「水面啦，拉浮到水面的那一刻，他會傾全力跟你拚最後的瞬間。一路太順暢，造成誤會，我們往往鬆了戒心，而他的最後一搏，常會讓我們措手不及而斷了線。」

阿料終於明白了，釣魚除了硬體裝備精良，還需要經驗累積的智慧為軟體基礎，也就是國民車豐富的開車經驗，加上特斯拉等級的一流裝備，才能遠遠勝出。

分別

孵化成魚苗後直到今天，你們游在一起已經整整兩年。

一輪又一輪的狩獵與竄逃過程中，你們算是游得夠快、閃得夠快，弱一點、慢一點的兄弟姊妹們早已為群體犧牲，成為掠食者的食物。經過大海嚴苛的抉擇和篩選後，你們算是這一梯次鰹魚群體中的勝出者。

接下來的日子仍然競爭，你們必要在一次又一次的狩獵搶食中，搶得更兇，搶得更狠。

如今，你們都已將近成年，除了過去的生存競爭，你們之間開始有了青少年愛張揚、愛比較的煩惱。你們開始在意，過去不曾在意過的容貌和行為。

「會不會太胖，會不會太瘦，會不會太直接，或是，會不會太假仙（ké-sian）……」海面是你們寬敞的一面大鏡子，你們時常游近水面，照一照自己的長相和模樣。

「你怎麼愈來愈胖喔。」有一天，照過鏡子，阿倩故意在大夥面前，特別是在你們一起喜歡的阿正面前嘲笑阿圓。

「你看錯了吧，那不過是光影水波的折射所產生的錯覺。」阿圓輕輕撥開了阿倩的挑釁。

「是嗎？是嗎？大家快過來看看，我是覺得你要多運動才行。」阿倩沒有放棄她的攻勢。

「笑屎人了，哈，腦子裡不要只裝那種東西好嗎？我們這一群兄弟姊妹們從出生到現在一起生活兩年，一起拚命游了兩年，用點腦筋不會喲，我們之間沒有誰游得比較多，也沒有誰游得比較少的『多運動』問題好嗎！」

阿倩原本想以外貌取勝，沒想到兩次都被阿圓以「水波折射和水裡生活大家都一樣」的小聰明輕鬆給化解掉。

以鯉魚的體型來說，你們這一梯次中，阿正最標準，他一身精實，身體流線如柔美的浪弧，身上花色如海面清波漣漪。難怪，不過是比阿圓稍微苗條一分的阿倩，為了爭取阿正的青睞，刻意當著眾兄弟姊妹們的面前，酸一下長相略為粗壯的情敵阿圓。

「我覺得你應該少吃一些，節制一點。」兩波攻擊無效後，阿倩再次找縫隙綿延她的攻擊。

「啊，健康最重要，自然就是美。」阿圓好EQ，回應的態度依然大方而且輕鬆自若。

阿正只是一旁看熱鬧，好像這場口角紛爭與他無關。

不久後，花季到來，當戀愛的鬧鐘響起，你們群體中的每一個都忙得不得了。差不多是天天戀愛，天天交配。這個季節誰也分不清胖瘦，狂亂的花季中，其實你們根本分不清誰是誰。

產卵、受精，受精、產卵……你們這兩年多來最混亂、最瘋狂也是最沒有警戒的一段日子。

你們集體做愛，一邊瘋狂產卵、受精，一邊誤入歧途。

你們整群，一不小心，一起進入了陷阱似的網袋裡。

覺得不對勁的時候，你們已經都離開了水面，都成了漁船甲板的俘虜。最後這一刻，你們只能讓身體變成一根一根鼓錘，用最後的力量敲響這艘漁船偌大的鼓面。

「這尾長得正，」船長指著阿正，交代站在一旁待命的海腳阿料：「這尾，送給研究單位的王教授做標本。」

「這尾圓滾滾有油，留著自己生魚片。」船長提住阿圓說。

「啊這一尾呢？」阿料提起阿倩問船長。

「像這種乾乾瘦瘦柴柴無油的，統統送去加工廠做柴魚或做罐頭。」

達伯

阿料從小愛看魚，不管是水中游的或是被捕獲擺在魚市場上賣的。

「他上輩子應該是一條魚。」阿料的生活老師林師父曾經這樣子說過他。

「那你還吃不吃魚？」當林師父介紹同門師兄妹跟阿料認識時，阿料常被師兄妹們問到類似的問題。

「當然囉，我不只愛看魚，也愛吃魚。」阿料坦然回答。

「這樣子不矛盾嗎？喜歡他們還吃他們，師父不是說過，你上輩子還是一條魚咧，這樣子不太好吧。」

「我是覺得沒問題啊，魚不吃魚，如何生存下去呢？魚吃魚，在大海中是很正常的事啊。」

後來，阿料迷上釣魚，先是在河畔釣，後來去海邊釣，最後還搭船去海上釣。

「喜歡魚，喜歡吃魚，阿料說的理由我們勉強還能接受，但是喜歡釣魚，將自己的娛樂寄託在魚受苦的身上，這點實在太超過了。」阿料的師兄妹們看不下去，作夥（tsò-hué）去報告師父。

「那要看他是釣來吃呢，或只是釣上來觀賞？」師父沉思了一下後摸著下巴鬍渣問。

於是，師父打電話來問阿料。

「當然是吃啊。」阿料一樣坦然答覆。

「那吃不完的呢？」

「如果釣太多吃不完的話，就送給別人吃。」

「釣太多就不必送人了，可以放一些回去，或者，養起來觀賞不是也很好嗎？」師父建議。

那天，阿料確實釣到很多條達伯。這種達伯魚啊，貪食又韌命，也因為他什麼都吃，肉質帶著藻腥味，料理起來比較麻煩，因此阿料聽從師父的建議，大多數達伯都放回海裡去，只留下其中一條身上斑紋如畫而且色彩鮮豔的，帶回去養在水族缸裡觀賞。

「真是賞心悅目啊！」養了這條達伯後，阿料每回經過水族缸前都要感嘆一下：「老師建議得真好，家中就能觀賞到大海的藝術傑作。」

只是，海水缸水質控制不易，幸好達伯韌命，一次又一次跨過考驗的門檻，存活了下來。許多年後，達伯長成一條大魚，缸體空間有限，小盆栽容不下大樹頭，但多年同個屋簷下相處，阿料知道達伯不開心，他當然也知道，達伯生活在如此窘迫的空間也不會太健康。

「怎麼辦？」阿料只好去請教當初建議他養魚的師父。

「不快樂，就放回去啊。」師父沒說出口的四個字是，「還不簡單。」

有道理，於是阿料帶著達伯出海，交代開船的阿成船長，船隻開到當年釣獲他的釣點。之後阿料雙手捧起達伯，在他的額頭上親了一下說：「快樂點，要好好活著。」隨後從舷邊輕輕放達伯回海裡去。

沒想到，才放下水面，達伯像是被滾水燙到，立刻衝出海面，自己跳回到船上來。

「乖，這是你的家，該回去了。」阿料趕緊將達伯重新抱在胸口，輕聲溫柔地勸了他幾句，然後再次捧著他，溫和地讓他回到水裡。

這次更誇張，像是被火燒到屁股，跳得更急、更高，達伯一下子又跳回到甲板上來。

「怎麼辦？」阿料抱著達伯從海上打手機問師父。

「養這麼久，達伯對你已經有感情，捨不得離開。」

「我知道，問題是怎麼辦？」阿料的意思是，放達伯回去他不要，帶回去他不快樂也不健康。

「丟回水裡後，趕快掉頭加速離開啊。」最後，師父竟然給了這樣子的建議。

「這樣不就是遺棄嗎？」阿料心裡是不願意這樣對待達伯。

開船的阿成船長，看在眼裡，明白阿料的兩難，忽然開口跟阿料說：「你們是在討論這條達伯嗎？建議你帶回去吃掉。」

「怎麼可能，對這樣一條已經有感情的魚。」

「才不是對你有感情，缸子裡養這麼久，海洋對達伯來說，水質太新鮮，環境太遼闊，他會怕，而且還要自己找食物，也有可能被攻擊，對他來說，海洋已經比水族缸危險，你這樣子放生，對他來說等同於死路一條。」

「即使這樣，還是捨不得吃啊……」

「那就送給我好了……」

阿成船長故意少說了一個關鍵字。

夜行

你是白天的魚，日落前貪玩，沒有在交換班的關鍵點上，跟著白天夥伴們一起穿越黑白隧道，即時退離白天的舞台。

所有的光，時間一到，熄燈一樣，忽然間全都熄滅了。白天的光，白天的風景，被黑暗完全沒收。

你的視力從白天的百分之百，退降到天黑後的個位數。你可能撞到、踢到或直接摔落到未知的危險中。

天黑後，為了安全你必須放慢動作，甚至是盡量停止不動。

你受困在黑暗中，幾乎無法動彈。

「天亮前的這段時間，我將受困在這未知、神祕，而且不知危險在哪裡的黑暗中。」你心裡明白，「接下來的大半天，我將赤裸裸地曝身在這危機四伏的處境裡。」

「夜行者，將魑魅般很快瀰漫在這片黑暗舞台上。」你猜想，「黑暗中，你看不見他們的臉，是醜惡？是猙獰？你只能畏怯且盲目地想像他們的模樣和他們的心。」

最大的恐懼和不安來自於你根本看不見他們，無從了解他們是誰？他們的意圖？以及他們的善惡？

「值日的管理員確定已經下班，這座黑暗公園中，應該也有值夜的管理員來管理夜晚的秩序吧。」你這麼想，但又覺得好像只是安慰自己罷了。

你根本沒把握也完全不了解，什麼是黑暗中的秩序。

「這傢伙是誰啊，怎麼會出現在這裡，看起來細皮嫩肉的呀。」

「哼！以為不動，以為假裝成一顆石頭，我們就看不到他啊？」

「吶，看起來很可口的樣子。」

你聽見語調粗獷、語意不懷好意的喧嚷聲近距離圍在你的身邊。「果然是遇到一群粗鄙的流氓了。」你心裡害怕，但你眼裡可以看見的只是圍著你的幢幢黑影。

「算他走運，我們才剛剛吃過大餐，不然就一寸寸撕裂他，然後一口一口慢慢吃掉他。」

「看他嚇成這樣，哈哈！還發抖呢，嚇嚇他也滿好玩的。」

「剝光他，然後慢慢凌虐他，好像也很不錯。」

你覺得身體被粗魯地碰觸了好幾下，你只能稍微閃躲，但逃無可逃，防無可防，這輩子第一次覺得自己完全赤裸、完全盲目和完全無助。

這時，遠方忽然亮起了一盞燈，像一盞幸運的明燈，竟然還朝著你漂了過來。圍著你的這群不懷好意的莽漢們，當然也都看見了。

「真TMD算他走運，走吧。」

你感覺到身邊一團海流擾動。

你暫時得救，但你心中明白，長夜依然漫漫。

那盞燈慢慢接近你。

你以為會是穿著制服體型粗壯的值夜管理員，靠近時才看清楚，提一盞燈接近你的是一條比你還弱、還小的小小魚兒。這條小魚兒也不是提著燈，那盞燈是從他眼睛下方的發光器所發出來的光。

「哈囉，哈囉，謝謝你點著燈來救我。」無論如何還是得謝謝人家。

「哈囉，哈囉，不是，不是，不是來救你的，剛才我的夥伴們受到伏擊，被衝散了，我聽見這邊有動靜，所以點燈游過來瞧瞧，這邊是不是有我們失落的夥伴散在這裡。」

「還是謝謝你，幸好你點了燈，把那群惡棍嚇跑了。」

「我們是燈魚，在黑夜裡點燈，可以欺敵，也可以召喚夥伴。你是誰呢？怎麼從來沒見過你？」

「我是白天的魚，因為沒來得及回去，受困在黑夜裡，我們的身體機能只適合白天，不小心留在黑夜這裡，只有受欺侮、被擺布的分。你點的燈，雖然比不上我們那裡的亮光，但對我來說，已經是無比溫暖、無比安全的光。」

小小魚兒想了一下後說：「那我點著燈陪你到天亮好了。」

「好是好，但天亮後的那個白天舞台，恐怕換成是你受欺侮、被擺布……」

「好啊，好啊，那在白天的世界裡，換你陪我到天黑。」

讀島

飛了五個鐘頭，轉乘快艇又航行了四十多分鐘，終於抵達讀島。

這團潛水看魚的遊程，一共有七人報名。其中兩男兩女四個年輕人，一路上嘻嘻哈哈愉悅互動，甚是開心，看起來是同事或好朋友的結伴出遊；有兩位是中年夫妻，看來像是二度蜜月，自成一組，一路細聲低語，相扶相攜；落單的是阿料伯，下巴留一搓白短鬍，七人中他年紀最長，獨自一人報名。

讀島是大洋中的孤島，島嶼北邊是珊瑚淺礁，遊客較多，南面斷層經過，海床深邃，海溝縱橫。你們這趟潛水旅程，選的潛點是難度較大的南面海溝。導潛是讀島人，三十出頭，不曉得是常年潛水或是染髮，髮色偏黃，他如約準時開了一輛小貨卡，出現在你們落腳的草屋旅店門口。

「我姓黃，叫我阿黃就可以。」指引裝備上車後，阿黃介紹自己，也一一和你們七人招呼。

「你們四位年輕人，四人小組，看起來熱情開朗，活力無窮。」導潛拿著團客名單，看著他們以年輕的語調玩笑開場。阿黃看了一眼中年夫妻後說：「兩人小組，手牽手讓人羨慕好感情啊。」接著他轉頭看著阿料伯，停頓而且偏了一下頭，用有點刻意的口氣說：「這位老阿伯，請問你為什麼獨自一個人來？」

導潛阿黃觀察力好，簡短招呼，已經將團客七人做了組別分類。

「有雙就有單啊，不都是這樣子嗎？」阿料伯淡淡回應了阿黃。

裝備人員上車，小貨卡開到第一天的潛點。這是一道與岸緣垂直深入的U型海溝，無風無浪，水質清澈見底。「起步就五公尺，第二階下去大約十一公尺深，第三階以後平均超過十五公尺。」下水前，阿黃介紹潛點，以及交代下水後的注意事項。「恩愛兩人組，你們有經驗，請你們游在隊伍前面，不要太陶醉喔，記得隨時回頭看看我們；漂撇少年組，你們游在我後面，不要玩得太嗨，記得跟上；這位老阿伯呢，你就游在我旁邊，放心，我會特別照顧你。」

一夥人依序潛行至溝底，儘管游魚不多，但濾過幾層水的光像慢動作，光影在巷道似的海溝高處漂漂閃閃而下。阿料伯清楚聽見自己的呼吸聲和吐出的氣泡聲，感覺自己沉穩又輕盈地懸浮在偏遠的安靜中。

忽然間，岩壁礁穴中游出一條身長約一公尺，全身藍斑條紋且發出點狀螢光的大魚。阿料伯立刻認出，這條魚是讀島特有種，也是讀島旅遊摺頁上的主要標識魚種。

阿黃立即舉出停止前行的手勢，你們七人縮短間距，聚攏過來，近距離陪在這條讀島魚身側好一陣子後，他才款款游開。

溝底巧遇，比起摺頁上的照片，簡直平面與立體、黑白與彩色的差別。加上水質清澈，隨時抬頭可見海溝頂層的小魚魚群如雲片朵朵掠過上空，水溫宜人，導潛專業，第一天就是愉快且讓人覺得值回票價的一趟潛水旅程。

第一天潛程結束後，晚餐時，你們七人聊起為什麼會報名參加這樣不是亮麗珊瑚礁的海溝潛水旅程。

「漂亮的珊瑚礁潛點潛過許多次了，想說，來探一下新鮮、新奇的海溝，剛好看見讀島的潛遊文宣，邀一邀就來報名了。」活潑四人組說。

「我們是第二次來，不喜歡人多的北島潛點，喜歡南島這一側的單純和清幽。」中年組說。

「阿伯你呢？」看阿料伯若有所思，遲遲不語，大夥轉向他，話題也跟著慢慢轉向：「為什麼自己一個人來呢？」

「為什麼一定要結伴呢？」阿料伯想了一下才慢慢說：「有年紀的魚比較重，不像年輕的小魚，還能在水表附近趕群趕伴熱鬧地游來游去，今天不是看到溝底那條讀島魚嗎？不也是獨自一條默默游著。」

「那，為什麼選擇讀島？第一次來嗎？」

「是第一次來，因為它是大洋裡的孤島。」

喋喋

「魚會講話嗎？」

來訪的目的是談漁業，有模有樣一陣子較為嚴肅的漁業正規話題後，來訪的學生之一，忽然問捕魚一輩子的老漁夫阿國一個有點「歪樓」的問題。

「啊，你會講話嗎？」阿國皺著眉反問這位學生。

沒想到阿國會這樣子反問，學生支吾兩聲後只好點了點頭。

阿國進一步說明：「有什麼樣的人就會有什麼樣的魚。」阿國船長的意思是，人會講話，必要的時候，魚當然也會講話。

「可能嗎？水裡頭跟空氣很不一樣欸，水裡不是只能吐泡泡嗎，怎麼講話？」

「魚會不會講話」這話題比起漁業有趣多了，學生們開始離題發揮，活潑許多。

「那是從我們人的角度來看『講話』問題，如果反過來從魚的角度看我們的話，他們大概也會說：『空氣裡那麼乾燥，開口講話不會嗆到嗎？』」

「那，魚會唱歌嗎？」另一位學生問。

「當然會，有很安靜的魚，當然也有很愛唱歌的魚。」

「才不相信咧。」學生以為阿國船長在開玩笑，「哪有可能，哈，哪有可能……」

「不相信啊，有專家做過研究喔，還錄下了一段魚的歌聲。」阿國船長忽然轉頭看著帶隊的年輕女老師說：「如果不相信討海人，可以去問你們老師啊。」

學生們紛紛轉頭看向老師，學生們仍然懷疑阿國船長在胡扯。

女老師突然被阿國船長點名，愣了一下，她心裡其實也懷疑魚到底會不會唱歌，但順著剛才「人會魚也會」的邏輯，便稍微遲疑且有所保留地隱約點了個頭。

看老師終於點頭背書，看學生對聲音話題有興趣，阿國船長又加了料：「魚不只會唱歌，還會罵人咧。」

「罵人？」女老師像是為了扳回剛才的小尷尬，終於找到回嘴的機會，「講話可以、唱歌可以，但無緣無故為什麼要罵人？」

「你覺得人不應該被罵嗎？我抓了一輩子魚，可說是被他們罵了一輩子。」

「魚怎麼罵人？」「你聽得懂魚在罵什麼嗎？」「他們會罵髒話嗎？」……學生們七嘴八舌連續丟了一堆問題。

「因為我聽不懂，所以沒聽過魚在罵髒話，但我清楚知道他們是在『幹攪』（kàn-kiāu）。」

「好好笑，魚會罵人，這還是第一次聽到。」

「如果常常被罵、被唸的話，就會知道。」

「魚的幹攪是發出聲音嗎？」

「大多數是，頻率有高有低，變化多端，各種各樣的幹攪都有。通常是這樣的，不同的魚，會用不同的話來幹攪。」

「有『乾』攪嗎？我的意思是不出聲音的幹攪。」

「當然，有幾種魚被抓上來後，只是反覆嘟嘴、噘嘴，嘟嘴、噘嘴，一波波、一陣陣的無聲乾攪。」

「哈哈，離開水的魚不都是這樣子嗎？船長你也太有想像力了吧。」女老師抓住跟學生們肩並肩的機會。

「老師你聽我說……也有很多種魚，他們是用嘆氣來表示不滿，類似『噗嗤……噗嗤……』這樣的嘆氣聲。隔一段時間嘆一次氣，連續好幾次，非常非常沉重的嘆氣聲。」

「我想，那應該是他們被捕獲到甲板上後，因為失去了水的浮力，自身的體重造成體腔壓力，而發出空氣的擠壓聲吧。」學生們紛紛點頭認同老師的說法。

「應該是吧，但我都聽成是死亡前的嘆氣。」

港邊的空氣好像忽然涼了幾度，熱鬧的場面倏忽安靜了幾秒鐘。

「好啦，好啦，不管擠壓或嘆氣，那麼，除了乾罵和嘆氣，還有別種幹撟嗎？」有位學生另起火種。

「有，有很多種，有一種魚抓上來後會一直『嘓、嘓、嘓……』，像雞一樣，碎碎唸，碎碎唸，一直唸、一直罵個不停。」

「單隻罵，還是一群一起罵？」

「一隻就吵死人了，一群的話，整艘船不就吵到併軌（píng-kuè）？」

「船長真愛開玩笑……」老師又插嘴了。

「真的，沒有開玩笑，有一次我抓到一隻達伯魚，喔，他的幹撟聲差不多可以用咬牙切齒來形容，跟我們做夢時的磨牙聲很像，有夠難聽的，而且一陣接一陣，沒有停過。」

「你沒有敲他？」

「沒有，我當時想說，再怎麼罵也不會太久，就隨他罵了。」

「結果罵了多久？」

「沒有算欸，不會有人被罵還計算時間吧。」

「想一下嘛，是三分鐘呢，大約大約，還是五分鐘呢？」這話題老師似乎也感興趣。

「大概超過五分鐘吧。」

「就停了嗎？我的意思是，罵過後，他就甘心死去了嗎？」

「沒有，沒有，是因為足足罵了五分多鐘後，實在是受不了，我就把他扔回水裡去了。」

春來了

「飛出海面，看得遠，一段距離外就看見你了。」游近崖下，飛魚張開特化的胸鰭在海面上滑翔一段，藉機趁勢跟崖壁上綻開的這朵百合高聲招呼。

「崖壁上站得高，老遠就舉出一朵醒目的白色花朵做為你的方位，歡迎你來。」崖上的這朵百合隨著春風搖擺，張開含蓄的花瓣，微笑回應。

「崖壁上的泥土是甜的嗎？為什麼你開出來的花和講出來的話都是甜的？」飛魚盡力維持在空中逗留的時間，但才講完這兩句，「啪！」水花響起，空中有限的滑翔能耐和可惡的地心引力拉著飛魚摔回水裡。

飛魚乘著海流，擺動鰭翅，從遙遠大洋來到崖下水域，每年春寒料峭後的清明時節，有如海誓山盟般的約定，飛魚回到崖下海域，跟崖壁上的這朵百合招呼。像一場年度約會，時節一到，百合適時鑽出崖壁泥縫，像一根細緻的小燈塔，搖擺著春風裡的身子，為飛魚的到來綻放。

自從有了天光節氣、有了海流以來，記不得多少年了，這片海崖上下，海陸相戀，你們一年一度，相約相會。

「一直站在崖壁上吹海風，腳不會痠嗎？」飛魚再次衝破海面飛起，關心崖壁上的百合。

「才想問你呀，這樣一直游、一直飛不會累嗎？」

「為了每年能見你一面，再怎麼游，再怎麼飛，也不覺得累。」「為了等你，站多久都嘛願意。」

飛魚和百合同時講了意思一樣的話。

然後，百合搶先說：「海水不是鹹的嗎？為什麼能養出你這麼甜的嘴？」

光陰流轉，一年漫長，相隔的日子雖然辛苦，但只要盼著春天，盼著將要見面的期待，不管是海水或空氣或泥土，就會帶著曬過溫暖陽光的甜味。

儘管如此，但每次都一樣，才幾句對話，現實就要狠心分別你們的陸地跟海洋。

飛魚第三次衝出。

破出海面剎那，飛魚趕緊開口說：「為何整片崖壁上，我只看見你舉起的這一朵百合？」

「怎麼會呢，不只是我呀，這個季節，這整片崖壁上，處處都有花開，春天是我們百合也是許多種花朵的花季呀。」

「哪有？哪有？完全沒看見別的花朵，哪有？哪有？我眼裡只看見你獨自一朵。」

「啊，啊，原來跟我一樣是近視眼，那麼寬、那麼大片的海，每年經過崖下的千百種魚裡頭，我也只看見你。」

第四次，飛魚蓄足了勁，衝出空中高點。飛魚再次提醒自己，長話短說，把握時間，他大聲說：「知道嗎，我為什麼拚了勁飛出海面？」

「為了被我看見。」

「不只這樣，不只這樣，是為了抵抗快速流過崖下的海流，為了延遲約會時與你說話的時間。」

「花開不也是這樣子嗎？就是為了讓你清楚看見。」

春天是昂貴的季節，每一句話和每一分秒都如千金珍貴。

第五次衝起，飛魚知道，這是今年約會的最後一次躍起。可惡又湍急的海流，將攜著飛魚快速離開這片崖下。這次，飛魚用他最大的聲量往崖壁上喊：「再會啦，我的朋友，每一寸距離都計較的每一分和每一秒，再會啦，我甜美的朋友。」

崖上的百合也知道，今年的約會將要結束，道別時刻已追到垂直的崖壁邊。撫著春風，百合盡量彎低身子，俯身對崖下的飛魚吟吟細訴：「再會啦，我海上的朋友！再會啦，我海上的英雄！」

飛魚和百合，島嶼東岸，每年清明時節的一場和弦合音。

現實如鉛錘沉重，再如何多情還是撐不住過度的美好，海面很快沒收了飛魚的浪漫漣漪；現實如枯葉飄零，一下子狠狠拉開、沖開了你們的距離。

道別後，飛魚提不起勁，一路漫長沉潛；崖壁上的百合，風向一轉，很快也就枯萎了。

肥沃

阿料到城裡拜訪在北方海域捕魚的朋友阿輝，阿輝知道，阿料不難款待，只要陪他去海邊走走，他就會很滿意。

阿輝特地帶阿料到城市西郊的河口看海。他們站在堤防上遠眺，看著退潮後一段距離外水色暗沉的海。

阿料心中感嘆，「同一座島，不過短短距離，沒想到只因為面海方向的不同，不管是顏色、景觀或距離，竟然差別這麼大。」

東部面對大洋，水色蔚藍，景觀亮麗，而這裡的海，水色暗沉，岸邊是一大片泥濘的灰黑色爛泥灘，泥灘上還密密麻麻長滿了綿延廣闊的一大片紅樹林。

「跟你熟悉的海很不一樣齁？」阿輝知道阿料在想什麼。

「嗯。」

「這裡的海，顏色雖然沒有你們那裡的鮮明亮麗，風景也沒有你們的漂亮，但，我們這裡的海比你們的肥沃很多。」

「肥沃？」

「魚比較多的意思。」

「何以見得？」在大洋裡捕魚多年的阿料當然不以為然。他的認知裡，每個不同海域各有不同生態特色和不同景觀，漁產種類也因為環境體質相異而有所不同，但很難說，哪邊的海比較肥沃或哪邊的魚比較多。

「簡單說，你們有的魚，我們都有，而我們有的魚，你們不一定有。」阿輝用相當自負的語調強調這裡的魚種豐富多樣。接著，他用下結論的口氣說：「所以說嘛，我們這裡的海比較肥沃。」

「好嘛，好嘛，不跟你爭，但你們有蝠魟？有旗魚？有鬼頭刀或飛魚嗎？」阿料隨口、隨便提幾種肯定只有大洋海域才會出沒的大洋性巡遊魚類，想來打臉一下阿輝的過度肥沃和過度自負。

「當然都有！」沒想到阿輝竟然開芭樂票不打草稿，十分自信地立即回應。

阿料皺了一下鼻子，搖了搖頭，心想，「不懂海，才敢這樣誇口。」

阿輝斜眼看了阿料一眼，以充滿挑釁的口吻說：「不相信？我帶你去看。」

「好嘛，好嘛……」阿料相信海洋跟信仰一樣，有其不被推翻的法則，他不覺得阿輝變得出什麼把戲。

阿料跟上阿輝的步伐，一起走下堤防。阿輝伸手撥開茂密蒼翠的紅樹林。林子下方除了一片發出腐味的爛泥灘，還有一道緩緩流著「肥沃河水」的小溝渠。阿料無從想像，阿輝帶他鑽來這裡到底想讓他看見什麼。

「啪嗒！啪嗒！……」不遠前方，忽然傳來幾聲拍打。阿料循聲抬頭看去，竟然是一隻展翼至少三公尺寬的巨大蝠魟，擱淺一樣，趴在溝渠邊的爛泥灘上，張著大口，一陣陣喘氣，讓溝裡肥沃的水，汩汩流進他寬大的嘴裡。

「看到嗎？這尾魟仔魚正在過濾溝裡的食物。」阿輝跟阿料解釋這隻蝠魟的行為。

無論阿輝如何解釋，阿料腦子裡的蝠魟，都是湛藍大洋裡展翼悠游的他們。他們在清澈的海水裡一邊游一邊張口濾食甲殼類浮游動物。阿料認識的蝠魟，絕不可能淪落為眼前這隻趴在爛泥地上過濾臭水溝帶下來腐敗垃圾的骯髒模樣。

「看遠一點！」阿輝建議阿料抬起眼光。

果然，這條蝠魟後頭一段距離，一條大約兩公尺長的黑皮旗魚斜躺在泥灘上扭動，他嘴尖上還叉著一條烏魚。

「他應該是為了追食烏魚才追上岸來擱淺。」

阿料懷疑，「這種事怎麼可能發生？蝠魟跟旗魚，這兩條魚似乎是因為被我點了名而存在，有可能只是舞台效果，兩條魚道具一樣，被布置在這條臭水溝旁，表演給我看。」但阿料又想到，「他們的布展手法確實高明，看起來這兩條都是活生生的，還真像是被食物吸引而擱淺在這片灰暗陳腐的肥沃水邊。」

「注意看，後面還有。」阿輝提醒。

黑旗魚後頭，出現一條在泥灘上翻跳的鬼頭刀，跳得一身泥濘，弄髒了鬼頭刀原本如花彩鸚鵡般的藍綠體色。

「也真是的，」阿料揉了揉眼睛想：「只為了證明自己肥沃，如此大手筆在爛泥林子裡投資如此高科技的3D投影裝置，值得嗎？划算嗎？」

「那飛魚呢？」阿料追問。

阿料的意思是，沒有飛魚為餌，那鬼頭刀來這林子底下跳什麼跳，還跳得一身髒兮兮的。另外他也想到，投影在泥灘地上的技術還可以理解，若要讓一隻飛魚在林子裡飛，障礙重重下，幾乎不太可能。

「看！」沒想到阿輝就喊了。

阿輝伸手指住鬼頭刀上方紅樹林密密麻麻的樹林縫間隙，提醒阿料注意看。

果真是一隻飛魚。

只是，這隻飛魚不是飛在海面，而是林子中的山鳥一樣，在紅樹林枝幹狹窄縫隙間穿梭滑翔。

④ 回來

小于帶著小虞，他們在河口翻轉了魚背包，套穿上一身魚裝後，一起潛下水面。

海面下的小虞立即感受到，這是一個超乎想像的全新世界。

「回來前的擔心是多餘的。」小虞想開口跟小于說。

水面下，小虞的確無法像空氣裡那樣子開口說話，但是當她半轉身，擾起的輕微水流，已經將她想說的話，快速脈傳到小于心裡。

小于收到了，幾乎同時，他也半轉身朝向她。

「回來前的擔心是多餘的。」「是的，相信我，完全不需要擔心。」眼對眼，水流交匯，當他們眼神對望的這一刻，微秒間，小于跟小虞間的這兩句話，已經在他們之間完成溝通，沒任何閃失。

「原來這是個不需要言語的世界。」「是的，這裡透過水流用身體和眼睛講話。」

小于帶著小虞直接下潛到二十五公尺深的岩礁底床。「哈囉，歡迎回來！」沿途遇到幾條跟他們體型相當的魚，紛紛以身體動作擾起水流，並用眼神跟小虞打招呼。

大家似乎都知道，這是小虞第一次回來。

除此之外，小虞也聽見了，當水流經過她的嘴裡再流過她的鰓，發出的一陣陣喘吐聲；同時她還聽見，其實嗶嗶啵啵水裡充滿了各種各樣的聲音。奇怪的是，小虞覺得這些聲音很安靜，一點也不吵鬧。

「你聽見了嗎？」「聽見，我跟你聽見的完全一模一樣。」

「聲音很多，但是為什麼不覺得吵鬧？」「這個世界通常不用嘶吼、吶喊、哭鬧，也不需要燃燒、碰撞、敲打和爆炸，所以，發出的音域都落在聲量溫和的範圍裡。」

「所以，這是一個和平的世界嘍？」「如果以沒有戰爭就是和平的標準來說，是的，這裡不會有飛彈、槍砲和刀械的威脅。但是……」小于緊急擾動的水流和眼神告訴小虞，必須快速離開這裡。

小虞一邊跟著小于帶引的水流游開，一邊回頭往後看了一眼，後頭追上來的，是一隻背上有黑色虎斑條紋的虎鯊。

他們很快躲進海床一處礁穴裡，避開了虎鯊的追擊。

「這裡雖然沒有戰爭，但是有被獵食的威脅。」小于說：「依我們的體型和游泳能力，只要保持身體健康和一定的警覺，就能避開這樣的威脅。」

「了解，日子總是有好有壞……」小虞才講一半，又感覺到小于往前衝去，她火速尾隨跟上。

小于帶著小虞衝向一團由小魚聚合成的魚球。這次的衝刺，不是因為遇到獵食者，而是遇到了他們的食物。這次，他們成為這群小魚的獵食者。

不用小于教她什麼，小虞使勁搧擺尾鰭，讓自己張嘴擦切魚球，每一次，她都能叨咬和吞下幾條體態弱小、行為有瑕疵的小魚。

吃與被吃，是這個世界簡單的生存原則。

「難怪，以前在陸地上一直無法回答這樣的問題。」填飽肚子後，小虞有感而發地跟小于說。

「什麼問題？」

「以前，好幾次我問自己，也問過我父親，那麼喜歡魚，為什麼還要吃魚？」

「是啊，用岸上的、用人的角度想事情就會變成這樣。」

「那，可不可以再幫我一個忙？」

「沒問題啊，請說。」

「可不可以再送我一個魚背包？我想帶我父親回來。」

半生

大河與大洋交匯的河口，鹹水與淡水衝突，經年累月，一次次洪流與一次次暴潮後，雙方很有耐心地多次討論，終於達成協議，「你進我退，我進你退」，彼此讓出河口一片平靜的淺灘。

這片淺灘中，河海互湧，鹹淡互融，波光滌蕩，魚影幢幢。

阿料走近一看，果然海、陸生態交會，吸引了許多水族在淺水灘裡群聚，群群組組，悠游自在，生活在淺灘中的魚族們活潑得頻頻擾動光滑水面，盪起粼粼水波。

何教授是魚類專家，從事魚類研究多年。認識何教授後，阿料特地帶他來這處偏僻，但生態豐富的河口淺灘做水族觀察。

果然是魚類專家，淺灘邊，何教授很快就辨識出水中近岸的那一大群是星斑河豚；游在一旁比較小群的是琴鯛；還有好幾隻平潮龜散布在外圍；之間若隱若現的是一小群虎鬚龍蝦……

見著這些水族，也跟阿料介紹了這幾種罕見的魚、蝦、龜後，何教授嘴角上揚，看得出他覺得意外，對於魚類資源將近枯竭的這年代，還能保有如此生態富饒的河口淺灘而感到驚喜。

但歡喜才一陣子。

「不對！」何教授觸電般忽然喊了一聲。

何教授即刻收斂了臉上原本愉悅的表情，像是警覺到什麼事情不對勁，他眼睛仍然注視著水面，一邊語調嚴肅地跟阿料說：「不對，不對，你有發現到不對嗎？我們已經這麼接近水邊，但這些魚、蝦、龜，你看看他們，看看他們那麼的悠游自在，毫無戒心，這樣的情況很不正常。」

「對齁，稍微留意才感覺得到，不像一般時候，只要人影接近，大多數魚蝦都嘛是走干吶飛（tsáu kánn-ná pue），魚族的個性容易緊張，我們這樣的距離，他們應該是四下逃躲才對。」

「根本不對嘛，你看看，你看看，他們整群像是排著隊伍，悠閒地在水域裡繞圈圈，這樣不對，一點都不怕我們，這樣根本不對。」

果真不對勁，淺灘池子裡的這些水族，幾分像是電影中歐洲宮廷裡的化裝舞會，一大群衣妝華麗的貴族們，動作一致地跟著音樂節拍舞步，旋轉著列隊前進。

「像是在表演給我們看啊，正常的生態狀況不會是這樣子的。」

「但是反過來說，因為他們不怕人，所以允許我們近距離做觀察，不見得是壞事，不是嗎？」

「違反本性，本身就不是好事，以正常的生態來說，我認為，應該是出了什麼狀況。」何教授皺著眉頭，一臉正經地跟阿料說明。

為了更清楚狀況，阿料和何教授一起趨前幾步，踩進水裡，直到水線淹過了膝蓋，才停住涉水的腳步。

換了距離，也換了視角，這幾步恰好讓阿料和何教授的視角避開了水面反光，這個角度，剛好讓兩人的視線可以潛進清澈的水面底下。

首先看見，離腳邊一步距離外的這群星斑河豚，他們的半圓身體，只有露出水面的部分，每一隻都一樣，水面下的下半身整個不見了。

這群星斑河豚，整群一下下划著扇狀胸鰭，少了尾鰭來使勁，他們游泳模樣小丑般幾分滑稽笨拙，款款惹出水面波波漣漪。

阿料和何教授也發現了，琴鯛和其他小魚也是一個樣，身體中斷，只能藉由上半身使力，游泳的身子吃力地扭扭擺擺。他們只好各自攀住群體游出來的水流，一隻緊跟著一隻，像是順水推舟，形成前行的隊伍，一起慢慢游進。你們又發現，虎鬚龍蝦根本只剩下滿是硬刺的頭殼，不見肉身，讓他們威風凜凜的兩條頎長虎鬚，仍顫巍巍地頂在頭殼上。平潮龜剩下半截龜殼，剩下來的頭部和左右前鰭，一下下搖搖擺擺，賣力划水……

「我懷疑，他們應該是受到兇殘掠食者的追噬，下半身被獵者銳利的牙齒給咬斷了，留下上半身活命。」何教授認為。

平靜且和樂融融的水面底下，似乎藏著無可預知的凶險。

「這麼兇殘的掠食者，到底是海水裡的？還是河裡的？」阿料不自覺地隨著說話節拍連續後退了好幾步，直到兩隻腳踝都離開水域。

「都有可能，但掠食者來自哪裡並不是重點。」何教授一邊回答也是一邊匆匆退開了踩水的腳。

「那，什麼是重點呢？」

「他們都認命、韌命地存活下來，雖然受獵、受虐而失去了下半身，但他們每一隻都在這河海交會點上的淺池子裡，找到了繼續過下半生的方式，找到了繼續好好活下去的平衡點。」

宰里

海岸城市，城市東岸沿著海邊有一道帶狀的海濱公園，清晨或黃昏，阿料時常沿著海濱公園散步或健行。海濱公園有一小段海岸線內凹，形成小灣，灣裡無波無浪，水質清澈，常見水中魚群悠游。

忘了從什麼時候開始，當阿料行走這一段小灣時，他常常發現，有根醒目的橘色帶黑色斑點的魚鰭與他同向同行。不管是清晨或黃昏，也不管行走的方向是去程或回程，這樣的一根魚鰭，時常陪著阿料走完這一段小灣。

一段日子後阿料又發現，當他行走速度放慢時，這根魚鰭也跟著慢游，當阿料健步運動時，這根魚鰭又跟著快游。有次阿料故意停下來，想知道這條魚如何反應。果然，這根魚鰭就跟著阿料停了下來。

有次阿料走近步道護欄邊，這條魚竟然也轉過頭來，向著岸邊、向著阿料游了過來。這次因為距離接近，阿料終於看清楚他是誰。他可不是小魚，魚體身長約六十公分，體態修長，全身橘色豹紋黑色圓斑相當醒目，只是印象中阿料不曾見過這種魚。

南部朋友來訪，阿料特地帶朋友走這段景色宜人的小灣看魚。果然如約，魚又來了，而且這次來了兩條一起。

「看到嗎？兩條。」阿料指著跟隨他們的魚鰭，介紹朋友認識，並概略說了被魚跟隨的過往。

「兩條只是碰巧，」朋友認為：「他們會跟著人影游動，或是跟著停下來，或是接近岸邊，應該是過去有人餵食，養成他們跟著人影游動的制約行為。」朋友笑著又補了一句：「呵，別浪漫了，你以為他們真的會陪你散步，或跟蹤你，或真的因為相處日久跟你有了感情哩。」

終於理解，阿料認同朋友的說明，見怪不怪，也就不再那麼留意被魚跟蹤這件事。後來，住在北部的工作團隊四人小組，前來小城找阿料開會，一整天討論後，傍晚時分，阿料帶團隊朋友走一段海濱散步，想說晚餐前和緩一下工作情緒。

沒想到，當一群人走進小灣這一段時，灣裡五根橘色背鰭挺挺跟隨。

阿料沒有跟團隊夥伴們說明水裡有魚跟隨這件事，因為夥伴們一邊走，還一邊專注地討論著剛才工作會議上的一個爭論議題。阿料只是挪了一下工作討論的心想到，「兩條若是碰巧，眼前這五根魚鰭怎麼說呢？」

一邊談論公事，所以五人的行走狀態是忽快忽慢。阿料偶爾抽空偏過頭看一下水面。確實是這樣，那五根魚鰭也是忽快忽慢，搭配夥伴們的行進速度，一路相隨。

走著走著，當他們來到灣底設有座椅的休息區，分成三個和兩個，面對面坐下來繼續討論。因為這議題爭議頗大，所以夥伴們討論熱烈。偶爾，阿料分神歪頭看一眼灣裡，那五根魚鰭，竟然也是分成三根面對兩根的組合，而且，周邊海面不曉得為什麼，也莫名動盪起一波波深刻的漣漪。

如何也想不透這件事，會後，阿料特地電話詢問一位熟識的魚類專家，余博士。電話中，阿料仔細形容了他跟這魚的多次遭遇和他心中的疑惑。

「是宰里魚，八九不離十。」余博士斬釘截鐵地回答。

「宰里魚？沒聽過。」

「他們不是經濟性魚類，一般人當然沒聽過；我的意思是，宰里魚不是海鮮類，不會出現在魚攤上，也不上餐桌，可能這原因吧，所以你印象不深。」

「喔，原來。」

「他們是沿海魚類，常見於水波平靜的海灣裡，這種宰里魚最大的行為特質是不怕生，喜歡突顯自己，也擅長模仿以及跟隨岸上的動態形影，特別是模仿人們的行為。」

「喔，竟然有這種魚，那魚名『宰里』，跟他們這種善於模仿人的特殊行為有關連嗎？」

余博士說：「當然有，台語有句話說『隨宰里（suî-tsāi-lí）』，語意中就有『隨著你』的意思。」

跳跳哥

小時候，有次颱風來襲，又逢大漲潮，你們原來生活在一起的一大群兄弟們，被洶湧的狂濤巨浪給沖散了。大多數的兄弟們還留在原來的海水裡，有一些被沖上礁台，散布在礁台上大大小小的各個潮池裡。

你是被沖上岸來的其中之一，跟其他二十二個兄弟，一起落在一窪長條狀的潮池子裡。這個新家，這個潮池子裡，魚、蝦、蟹、貝、藻，樣樣具備，食物選項可說是完整不缺，跟原來的家、原來的大海相比，這是個縮小版的海。不一樣的是無波無浪，而且，池子裡再也沒有過去那些讓你們厭倦、讓你們終日疲於奔命的掠食者。

二十二個兄弟們初步探索這個礁台上的新家後，紛紛都表示滿意，因為池子淺，大夥只需在池子中找好預防海鳥突襲的避難所，生活似乎無憂無缺。潮池生活唯一的小缺點是，只有在偶爾漲潮加上大風浪時，池子才會換水，兄弟們才能再次嚐到新鮮又清涼的海水。除此以外，二十二個兄弟們都覺得，能夠在這縮小版的潮池子裡生活是老天善待，你們根本是老天的選民。

群體中只有你不這樣認為，你老是不安分地在池子裡快速游來游去，還好幾次藉著游速衝力高高跳出水面。

「又不是逃命，規規矩矩游就好，何必如此驚狂？」「又不是要參加游泳比賽，何必這樣子操練？」兄弟們常這樣勸你或嘲笑你。

但你還是天天不停地在池子裡衝來撞去。

一陣子後，你已經練到可以連續跳出水面九次。

「再這樣子亂跳，海洋有限，小心跳出去啊，跳跳哥。」兄弟們既是警告也是嘲諷，從此，大夥因此戲稱你為「跳跳哥」。

有一次，你真的跳出去了。

算是擱淺在潮池旁的礁台上。失了水的你無法呼吸，曬燙的礁台讓你覺得像是跳在烤盤上。你一邊掙扎翻跳，一邊摸索方位，很快就找到了家的方向，盡快朝著你們的潮池猛跳兩下，又跳回池子裡。

這趟「離家」經驗對你來說，就像是平靜的日子裡發生了新鮮事，對於這次的出軌嘗試，儘管可能喪命，但這一跳，你發現自己已經具備了跳回來的能力。

接著，你開始故意跳出池子外，而且愈跳愈遠，然後，又一次次從烤盤上跳回來。算是開了眼界，你原本以為捧住潮池的是一大片平整的礁台，經過幾次這樣的冒險行動後，你發現烤盤高高低低，跟台階一樣，而且不同的台階也都捧著不同大小、不同形狀的許多其他潮池。

無論是跳躍能力或者是發現了其他潮池，都讓你興奮了好一陣子。你開始有了憧憬和嚮往，你的心底慢慢醞釀出一個計畫——你想要一一拜訪礁台上的每一個潮池。

「吃飽太閒的跳跳哥啊。」當你跟夥伴們說出你的計畫，兄弟們在你的舊稱呼前又加上了五個新的字眼來強調你的無聊。

有一次你跳出去，好久一段時間過了，兄弟們沒看見你跳回來，大家只好為你默哀三分鐘，哀悼你吃飽太閒的下場。

沒想到，你七天後復活，又跳了回來。而且，還帶回來其他失散兄弟們的新消息。「那邊比我們高的礁台上有個方形的池子，」你挺起胸鰭指著陽光方位說：「那邊的池子裡有三十二個兄弟，他們託我跟你們問好。」

「真的假的？」

「這邊比我們低一點的台階上還有個深池子，」你挺起另一邊胸鰭，指著浪濤聲響起的方位說：「這邊有八十六個兄弟，也跟你們請安。」

「真的假的？」二十二個兄弟們還在原地半信半疑時，你又跳出去周游了。

這次隔了大約十天，吃飽太閒的跳跳哥才又跳了回來。

二十二個兄弟們游過來圍著你問：「這次跳去哪裡了？」大家都想聽聽跳跳哥這次旅程中的新發現，也想知道是否還有其他兄弟們的消息，大家更想知道的是，哪一個水池子裡發生了什麼有趣的八卦新聞。

但這一次回來，跳跳哥敘說的不只是高低各礁台上其他潮池裡的所見所聞，跳跳哥語調嚴肅地跟二十二個夥伴們說：「大海裡的八千八百位兄弟們圍著我問了一個問題，當然也是問你們，他們說：『你們一直留在上面的小池子裡，不會太窄、太熱或太無聊嗎？』」

阿才

「Hi！」防波堤上已經下竿一陣子的阿料，朝著招呼聲半轉頭，看見揹著釣竿走過來的同事阿才。

阿才個性爽朗，愛開玩笑，辦公室工作場合中，其實你們甚少交談，但偶爾機會提到釣魚，彼此眼睛一亮，話中有魚，話匣子就會像水閘門打開般嘩啦啦響個不停。

阿才蹲下來阿料身邊組裝釣具，準備在他身邊下竿。「釣到什麼魚嗎？」阿才手裡忙著組裝，頭也不轉的問了釣魚人海邊相遇時的標準招呼語。

「只有一尾倒吊和一尾剝皮仔。」阿料打開保冷箱，讓阿才看一眼他的漁獲成績。然後，阿料問阿才：「你呢，今天準備釣什麼魚？」

「鬼頭刀。」阿才毫不猶豫地回答。

「哪有可能？少跟我開玩笑了，我又不是釣魚菜鳥。」阿料的意思是，「鬼頭刀是大洋性巡游魚種，離岸一段距離外的船釣才有可能釣獲，我又不是不認識海，也不是第一次來海邊釣魚的菜鳥，你一定是開玩笑才會這麼說。」

沒想到阿才轉過頭來，一臉正經的問阿料：「啊你認為，鬼頭刀有幾種？」

「不就『大』跟『小』兩種嗎？」不正經對不正經，阿料故意這樣子回應，然後，才認真回答阿才的問題：「鬼頭刀不就是鬼頭刀嗎？釣魚人都知道，鬼頭刀就只有鬼頭刀單一種啊。」

「不！你錯了，鬼頭刀一共五種，大尾小尾不是問題，是按照體色來分別不同，可分為灰色的鬼頭刀、黃色的、綠色的、藍色的，加上黃綠藍三色混合的顏色，一共有五種。」說這段話時，阿才的表情看起來是認真的。

「好嘛，好嘛，算你見多識廣，啊請問你今天打算釣哪一種鬼頭刀？」配合演出，阿料打算跟阿才玩到底了。

「灰色鬼頭刀。」

「為什麼指定是灰色鬼頭刀？」

「因為近岸海水混濁，你知道的，魚都有保護色。」

「還真會裝……」阿料心底一笑，他真的以為阿才一路都在跟他練肖話（liān-siáu-uē）。

玩笑話說著說著，阿才已經組裝好釣具，接著，他從提袋中拿出餌料盒。阿才打開他的餌料盒，從中捏起一條長長軟軟的餌料，你以為是海蟲，但看清楚了，竟然是一條蚯蚓。

「蚯蚓？」

「沒錯，是蚯蚓。」

「釣鬼頭刀？」

「對，專門用來釣灰色鬼頭刀。」

「別開玩笑了。」阿料認為蚯蚓是阿才準備來跟他開玩笑的道具，「要下鉤了還在玩？」於是，阿料板起臉孔，嚴肅了語調，一個字、一個字慢慢說：「笑·死·人·了·鬼·頭·刀·才·不·吃·蚯·蚓·呢！」

「天下事無奇不有，何況大海。」阿才輕輕唸了一句，當真垂下掛著蚯蚓的餌鉤，開始釣魚。

那天，都是阿才在表演。阿才連續拉起十三條灰色鬼頭刀。

阿料釣魚這麼多年，岸釣、船釣都經驗過，可從來沒看過這種灰色鬼頭刀，當然也從來不曾見過海釣用蚯蚓當釣餌的荒唐事。

阿才釣獲的灰色鬼頭刀，的確是不折不扣的鬼頭刀，公魚長著斧頭一樣的額隆，長相威猛，母魚頭形柔順眼神溫柔。形態跟阿料印象中黃綠藍三色混合的鬼頭刀一模一樣，只是灰色鬼頭刀體型縮小許多，全身灰黑，體長約十公分大小。

「這世界是否真的如阿才說的，『天下事無奇不有，何況大海』？」阿料開始懷疑自己。

研討會

阿料受邀參加一場主題為「透視」的研討會。這題目阿料其實很外行，而且一點也不感興趣，會吸引阿料報名的主要原因是會議場所。沒想到報名資料上說，會議場所竟然安排在一艘新式潛艇上。

「這個嘛，就沒有不報名參加的道理了。」阿料認為。

會期四夜三天，港區報到後，阿料發現與會者大約有七、八十人，看起來都是學者、教授，還不少夫妻檔，他們都提著公事包，揹著筆電。

報到時間已到，但碼頭邊只見一艘小型遊艇泊靠，沒看見所謂的新式潛艇。

廣播準時響起：「請與會來賓登船。」

「不會吧，這艘小型遊艇搭載人數頂多七、八位。」
「說好的潛艇呢？」
「潛艇可能停在外海，小遊艇只是負責接駁吧。」
「不管是不是接駁船，那麼小一艘，要接駁到什麼時候呢？」
「沒有考慮到接駁超載的安全問題嗎？」
排隊登船的與會者七嘴八舌，討論起研討會主辦方看起來相當離譜的登船安排。
不安歸不安，大家還是排著隊，隨會務工作人員指引，魚貫登船。
阿料排在隊伍後頭，看著前方隊伍像是被小遊艇吞下喉嚨一樣，與會人員陸續消失在遊艇艙口。
輪到阿料登船時，他才發現，原來艙口底下是個螺旋梯，與會人員一個個沿著圓管狀透明玻璃艙壁，緩坡盤旋而下。才走下幾步，透明艙壁外的水世界清楚告訴阿料，隊伍已經走到水線以下。
通過管狀透明通道後，空間豁然寬闊了起來。同樣是透明玻璃結構，一間間艙房環狀分布，圍著水下B1這層圓形空間。會務人員在這裡分配與會人樓層甲板及房間，「每個艙房都有一面透明落地窗，面對大海，因為是水面下，所以房間不設窗簾。」

會務人員相當專業的介紹艙房，也介紹這幾天的生活空間：「中央是升降梯，房間區在B1-B8，餐廳在B10，會議室在B12……」

沒聽到任何引擎聲，但從透明的環型艙牆可以知道，這艘水面下別有洞天的新式潛艇，已經在航行途中。

廣播聲既溫柔也權威地響起：「歡迎各位貴賓登船，我是船長余問，今天搭乘的是F1228航班，航行目標清水灣，航程約一小時四十分，目前清水灣水溫攝氏二十五度，魚群狀況良好，祝各位有個愉快的旅程。」

一個多小時航程後，F1228下錨在清水灣，這四夜三天，大家將生活在這透明的環型艙房、環型餐廳和環型會議室中。船上所有空間都是透明而且面對大海，船上每個人，不管在船艙的哪個位置（包括個人衛浴盥洗空間），都能清楚看見魚群三三兩兩停留在玻璃牆外，這些魚群似乎被透明牆內的世界吸引。

從臥艙到餐廳到會議室，分別吸引許多各種各樣的魚群停留。特別是會議室，因為位置在艙底，連地板都是透明的。

*

研討會後，阿料來找我，語調愉快地與我分享這趟研討會的種種新鮮事。

「聽你形容，我覺得這艘新式潛艇，好像是一只透明玻璃罐，頂著水面一艘小遊艇的設計，對嗎？」

「沒有錯，的確是像你形容的這樣，我相信造船者，就是以這樣的構想來建造這艘新式潛艇。」

「你剛才說，包括餐廳、會議室、臥房和盥洗室都不設窗簾，完全透明？」

「是啊，工作人員說，水下沒有隱私的問題，你嘛幫幫忙，有機會被魚群圍繞，即使有窗簾，誰會捨得拉上呢。」阿料笑著說。

「你說船長姓余？」

「對啊，怎麼了嗎？」

「問你一個問題，你看過水族缸嗎？裡頭養著魚的那種水族缸？」

「當然看過，」阿料停頓了一下，回問：「怎麼了嗎？」

「沒事，只是忽然想到……研討會主題是你說的『透視』，對嗎？」

「是的。」

「主辦單位有收取報名費嗎？還是完全免費？」

「是完全免費啊……」阿料摸著下巴鬍渣遲疑地慢慢回答：「我怎麼覺得，你好像想跟我說什麼？」

摸魚

「沒錯，這位同學說對了，徒手抓魚的要領，就是先學會『摸魚』。」阿料受邀為一群學生講一堂課——如何徒手抓魚。

「這年頭還真趣味，如何徒手摸魚、抓魚，竟然可以成為課程。」阿料既覺得好玩，又覺得現代人好像遺失了什麼，因此，一開始他就跟學生說：「摸魚、抓魚是人類的漁獵本能。」阿料想著，這兩樣從小玩出來的本領，可惜，這種課程沒辦法在教室裡示範，即便帶學生到水邊上課，這魚類資源快速枯竭的年代，也不一定就能遇到可以一展身手的機會。校園裡上這種課，只好講個大概，其他就以問答方式進行。

「混水真的比較容易摸到魚嗎？」前排的一位同學問。

「不，『混水摸魚』指的是人們的『偷雞摸狗、趁火打劫』的意思，跟我們剛剛講的『摸魚』

以及『如何徒手抓魚』完全無關。『摸魚』我們社會上往往用在負面形容，其實，魚性非常敏感，行動也非常敏捷，即使水質混濁，他們仍然可藉由視覺以外的感官，來警覺到外來的威脅。一般情況，我們甚至連接近的機會都沒有。所以，要抓魚，必須先學會『摸魚』，『摸魚』的『摸』，與『順藤摸瓜』的意境有點雷同，其最高境界就是『順著魚性、了解魚性』的意思。」

「明明已經有很多捕魚工具，漁叉啊、漁鉤啊、漁網啊，為什麼還要徒手抓魚？」

「好問題！第一，我小時候，這些工具並不那麼容易取得，放學後，就是帶個裝魚的竹簍子來到水邊，遇到什麼就抓什麼，隨機採集。當然，一開始絕大部分都抓不到，但因為經驗累積，慢慢學會了一些技巧，到後來我發現，得手機率愈來愈高。其實，這過程更重要的意義是，人類先因為有這樣的徒手採集經驗，而進一步了解了魚性，從而設計出漁撈工具，也就慢慢發展成如今充分應用漁具的現代化先進採捕漁業。」

「可以舉個你徒手摸魚的例子嗎？」

「好，慢慢有經驗後，當我發現目標，學乖了，不會貿然就衝過去。我會先觀察周遭形勢，擬好地形地物利用的對策，因為我知道若是直接動手的話，相較水裡的活動能力，魚比我們強太多了，我一定無法用粗魯的方式來直接獲得。某一天，我遇到的這條目標魚看起來十分肥美，我捕獲他的動機十分強烈。他游在一處內凹的淺灘。機會來了。我選擇先蹲下身子，悄悄退開大約十幾公尺，然後從另一側深處下水，非常慢非常慢地半走半游，慢慢接近他所在的位置，也就是淺灘凹口外緣。說到這裡，了解我這次摸魚的策略嗎？」

「出其不意。」「充分利用凹口地形形成圍網。」「遮斷他往深水逃竄的後路。」……

「『幾霸分』，完全正確。然後，我心中盤算，『這情況下，得到這條魚的唯一機會，就是讓他大大的嚇一跳』，明白我的意思嗎？」

「嚇鼠他。」「讓他慌張失措。」「讓他嚇得不敢妄動。」「讓他以為火山爆發。」……

「停！」不及時喊停的話，學生們的歪樓意見會讓世界末日提早來到，「停！聽我說。於是，我整個人忽然間跳起來，快速往前撲過去，盡量發出最大的聲響，落水時也盡量炸出最大的水花。」阿料手舞足蹈，在講台上生動的表演最後的撲魚動作。

「結果呢？結果呢？」學生們非常好奇結果如何。

「他真的被我嚇到了，整尾跳出水面。我知道魚很容易慌張，這次的策略就是等他嚇得跳起來的這一刻，就賭他這一下。」阿料握緊雙拳，左右肘交叉抱在挺起的胸前，下巴一沉，嘴線下垂，一副胸有成竹的獵人姿態慢慢說：「我不顧一切再次往前飛撲，無論如何，在他落回水面前，我必須摸到他。」教室裡一片安靜，學生們都瞪大了眼睛，專注等著阿料老師的下一步分解。

「他落下水面前，若是讓我摸到他，他就是我的；摸不到的話，就算是白忙了一場。」停頓了足足五秒鐘後，阿料才開口問了句：「你們知道『摸到、得到』的道理嗎？」

「摸到就可以凌空接住啊。」後排高個子同學大聲回應。

「怎麼可能，人的反應沒那麼快吧！我還在飛撲狀態喔，就算僥倖接住，他可是蹦跳不已，還一身滑溜，不太可能就這樣凌空接住並抓穩他吧？」

「那用竹簍子接啊……」

「我反應可沒那麼快。」

「用衣服接。」「施展擒拿術。」「點穴。」「敲昏。」「張開嘴咬。」「瞪死他。」……

「停！」

「到底有沒有抓到呀？」

「那次有摸到，所以有抓到。如何抓到，過程我不講，留給大家想像。」

「喔……老師摸魚喔……」同學起鬨。

「沒錯，就是這樣。」

食戒

海洋公園的老闆是阿料的好朋友，知道阿料喜歡魚，休館期間，特別允許阿料潛入水族缸裡看魚。

好幾次潛水看魚後，阿料覺得，魚的適應力真的有夠強，水族缸裡的不少魚族已經接受他的潛入，對他幾乎沒有戒心。

最近這趟潛入，好幾隻大大小小不同種別的魚，戲耍似地尾隨或游繞在阿料身邊。阿料也發現，缸子裡不少一對一對親密游在一起的魚，他們緊貼著身體或頭碰著頭。「應該是伴侶。」這麼想著時，阿料才發現，這一對對雙方，體色有的天南地北，有的是種類明顯跨種跨屬，有的體型大小懸殊，可說是完全不登對的兩條魚，竟然在這缸子裡配對結成伴侶。

阿料想，「很有可能是如此特殊人為環境下的特殊關係吧。」

阿料詢問館方工作人員：「你們知道這種特殊現象嗎？」

「人為環境嘛，我們這裡都嘛這樣。」年輕的館員覺得這些都是正常行為，不足為奇。

這個水族館聘用的工作人員都很年輕，大概特別挑選過，或是因為長時間跟魚相處，一個個都長得眉目清秀，體態勻稱，體型優美。

有一次阿料來，一直伴游在他身邊的一條不知名的大魚，似乎對阿料戴在無名指上的結婚戒指感到興趣，好幾次，這條魚偏過頭過來啄咬他戴戒指的指頭。

「或許是戒指在水中的折射光澤吸引他吧。」阿料立起身來，暫停游進，嘴裡咕嚷出一串泡泡在心裡說：「好吧，既然這麼感興趣，就脫下來給你瞧瞧。」

這條魚竟然也跟著立起身來，停在阿料身邊，耐心等待他脫下婚戒。

脫下戒指後，阿料用拇指跟食指的指尖輕輕捏著婚戒靠近這條魚的眼前，為了讓他看個清楚吧，阿料在魚面前晃了兩下戒指。這時，阿料恍惚覺得，自己這樣的行為，有點幼稚，像是在對這條魚炫耀或表示什麼。

沒料到，這條魚忽然往前一衝，一口叼走阿料手上捏著的戒指。

「糟糕！」阿料一聲驚呼，一串急躁的氣泡從他咬著的呼吸器冒出。

阿料踢腳前撲，伸長右臂，想搶回戒指。

這條魚沒有離開，也沒有閃躲，嘴裡「呼嚕」吸水，迅速將這枚啣在唇邊的戒指吞下肚子。

阿料心頭一懍，「這可是結婚戒指，遺失的話，很難跟另一半解釋清楚。」阿料的意思是，若是跟妻子實說是被魚給吞下肚子裡去，恐怕會被認為是天下最荒誕離奇的理由。遺失婚戒這種事，後果難料，沒事就沒事，但也有可能惹出難以想像的一場家庭風暴。

阿料洩恨似地出掌朝那條吞了婚戒的魚猛推、猛抓了幾下，但水中的魚，哪裡是想碰就碰得著呢。這條魚仍然立在阿料面前，眼睛大大顆瞧著阿料看，滿臉水漬光澤，似笑非笑。

事情已經發生，再怎麼懊惱也無濟於事。出水缸後，阿料趕緊找後場工作人員，說明情況，並試著詢問有沒有挽回的機會。

「沒問題，」一位年輕貌美的工作人員接待阿料，她沒有絲毫猶豫，直接回應阿料：「不是第一次發生這種事，沒問題，一陣子後，我們會設法把您的婚戒找回來。」

「從他的排遺嗎？」

「不，我們有更具體的方法。」

「更具體？」阿料抹了一下髮際的水滴，懷疑的語調說：「你說，不是第一次，你的意思是，他吞過很多戒指？」

「是的。」

「什麼魚啊，怎麼會有這麼奇怪的行為？」

「不奇怪呀，愛吞戒指，是這種魚的特性。」美女工作人員對阿料眨了一下右眼，悄悄補了一句：「還特別喜歡吞婚戒喔。」

「這究竟什麼魚啊？從來沒聽說過有這樣行為特色的魚。」

「我們這裡奇奇怪怪的魚很多，這種魚的名字就叫『食戒魚』，是我們老闆高價從大洋裡的一座孤島上的水族館買回來的。」

美女用對講機聯絡同事，說明阿料在缸子裡發生的事，以及他的需求，然後，轉頭以安慰的口吻跟阿料說：「沒問題，請您在這裡稍候一下，我的同事會立即處理。」

既然找得回來，阿料想，就在工作檯邊多等一下吧，一邊還有美女陪著聊天呢。魚成為橋梁，阿料口沫橫飛和美女聊得愉快。有點炫耀的心，阿料跟美女分享這些年來到處飛、四處潛，如何在世界許多著名潛點，見過如何繽紛多彩各種魚類的珍貴經歷。

「好羨慕啊，真嚮往如此豐富又浪漫的看魚旅程。」顯然，美女被阿料的話題吸引了：「但是，您到處潛，沒見這種過食戒魚嗎？」

「沒有欸，竟然是在你們水族館裡第一次見到。」

「『識魚不明』，難怪會發生這樣的事。」

「也是，但看人可從來沒失誤過。」阿料朗笑一聲自嘲，隨後，有些曖昧的表情看著美女說：「特別是美女。」

「別鬧了。」美女臉頰泛紅羞澀地別過頭去。

春暖花開一樣，阿料的心裡一陣暖流湧過，正打算把握機會更進一步時，不巧，美女的對講機提醒似地及時響起。話機裡幾句對話後，美女跟阿料說：「應該是找到了，請您到後台確認。」美女伸手指引你進後台的那一扇門。

「不急呀，找回來就好，其實沒那麼重要。」阿料還想多聊幾句。

「他們在等您確認。」美女催促阿料。

不得已進了後台，阿料看見工作檯上，側躺著這條食戒魚，他被手術剖肚，一旁小盆子裡擺著他黏嗤嗤血淋淋的胃內含物，其中果然有好幾枚戒指。阿料翻找了好一陣子，終於找到他的婚戒。

「他呢？」阿料指著工作檯上的這條魚，抬頭問為他手術的這位魚醫生。

「等他退了麻醉清醒一點，就會放回缸子裡去。」

白目

阿辛船長交代阿料，用剩下的最後一個蝦餌，再試試最後一把。

阿料其實並不樂意，所有帶上船的蝦餌都已用盡，長時作業後，漁艙已經裝滿，都快要累垮的這個時候，只因為剩下最後一個蝦餌，要求他繼續下鉤，繼續作業，這似乎沒什麼道理。而且，大家來看看，剩下的這枚蝦餌，已經鬆軟邋遢，早已失去鮮度，即使來回用鉤子將這枚餌料多鉤個幾遍，這個餌應該也掛不牢靠了。

阿料覺得，阿辛船長就是小器，捨不得拋棄剩下的最後一枚餌料，勉強還要阿料下鉤試試最後一把，「根本無采工，白忙一場而已。」阿料心想。但總是船長大人，船上他最大，抱怨歸抱怨，在人家船上當海腳，不管合不合理，還是得聽命行事。

阿料不抱漁獲希望，隨手隨便掛了這枚蝦餌，反正是最後一釣，做做樣子，應付一下。

拋下餌鉤時，阿料隨口細細聲抱怨地唸了句：「白目！」

「你說誰白目？」沒料到阿辛船長聽見了。

「我是說，這隻蝦子白目。」阿料反應快指著沉入海面的蝦餌說。

這時開始翻流，流勢改變，船下海流突然變得湍急，這最後一釣的釣端掛著的鉛錘重量根本不夠，整個釣組，風箏一樣，被強勁的海流吹成一個大斜角遠離船邊。

餌鉤能不能落底都成了問題，何況鉤子上鬆垮垮的那隻白目蝦，恐怕像冬季抓不住樹枝的枯葉，早已隨流漂走了。「反正交差了事，等一下就拉上來，結束這場無意義的最後一釣。」才這麼想著時，沒料到，阿料竟然手頭一緊，指尖傳來漁訊。

這不是一般魚隻吃餌上鉤掙扎亂竄的漁訊，這次的漁訊阿料的手感鬆塌塌的，有點像是如何也握不實在的虛無感。阿料的釣魚經驗讓他很快作出判斷，「上鉤的這條魚個體應該不大，而且還很白目。」

阿辛船長看阿料快手收線，走過來他身邊問：「釣到什麼了？」

「白目蝦，釣到的當然是白目魚啊。」阿料一句話罵了三個對象。

儘管阿料已經快手收線，沒想到上鉤的這條白目魚比他動作還要快，自己自動浮上來水面。

「哇噢！」看見漁獲浮出海面，阿料和阿辛船長不約而同一起驚喊出聲。

竟然是一條闊嘴鱸魚，身長接近一公尺，不是阿料以為的小魚，而是一條超級大魚。

「這麼大的一條魚，怎麼可能看上如此軟爛的白目蝦？」阿料百思不解。但他心情很快轉換成釣獲大魚的大魚情緒，隨口興奮地將這條闊嘴鱸喊成：「啊，白目鱸！」

阿辛船長趕緊拿來長鉤桿，鉤實了魚嘴，一陣奮力合作，兩人終於將漁獲拔上甲板。

這條白目鱸在甲板上掙扎彈跳了幾下，忽然脫鉤，從他嘴裡吐出一條約十公分長的白腹鯖。

白腹鯖也還活著，用頭尾在甲板上踢踢躂躂快速拍打。

「白目？」阿辛船長轉頭看著阿料笑笑地問。

「對啊，白目鯖。」

拍打一陣子後，白目鯖也脫鉤了，從他嘴裡吐出原本邋遢而今更是軟爛的那截白目蝦。

「白目人用白目蝦釣到一條白目鯖和一條白目鱸。」阿辛船長後來居上一句話罵了四個對象。

「繼續下鉤嗎？」阿料拾起甲板上的那截白目蝦問阿辛船長。

阿辛船長懶得回答，一句話不說顧自走進駕駛艙，他推倒離合器，添了油門，引擎一陣驟響，船隻迴旋返航，排煙孔冒吐一口烏煙。

阿辛船長頭也不回，嘴裡悶悶罵了句：「白目！」

大家一起來上學

你們從卵堆中鑽出來後，沒得休息，立刻開始上學。

你們同學很多，都是同梯次的兄弟姊妹們，大家體型大小一樣，也都穿著一模一樣的制服。

第一節課的課目名稱是：「認識環境」。

教室就是你們出生的這一大片珊瑚礁，班上沒有講台，沒有黑板，也沒有老師，主要的學習方式，就是用你們才睜開不久的眼睛好奇地到處游，到處看。

上課方式很自由，沒有誰規定一定要做什麼跟做什麼，但你們天生曉得，「看愈多，學愈多」的簡單道理。

「哇噢！我們教室有夠漂亮。」同學阿漂大聲讚美。

「我來數一數，一共幾種顏色。」同學阿奇對什麼都好奇。

「那我也來數一數，這一大片教室裡一共有幾種魚。」阿數同學顯然對數目自有天分。

「要不要順便也數一數，我們班上到底有幾位同學？」阿奇建議阿數。

密密麻麻而且擠來擠去，阿數怎麼數也數不清。

你們的教室沒有答案，只有各種各樣的疑問跟好奇。

第一節下課，沒有下課鐘聲，也沒有課間休息時間，你們很快進入第二節課：「認識自己」。

看了一遍自己的出生地，認識了所在的環境後，你們開始學習看見自己。

「自己以外的同學或風景，我們有眼睛就能看見，但怎麼做才能看見自己呢？」阿固一下低頭，一下抬頭，又一下下下轉圈圈，設法想看見自己。

「對喲，我們眼睛長在頭部，再怎麼用力彎腰或用力旋轉，就是看不到完整的自己，這節課好難。」阿願抱怨。

「沒關係，沒關係，我來當你的鏡子，你也可以是我的鏡子。」阿亮跟阿願說。

「對喔，對喔，我們每一個都長得一模一樣，喔，原來這是頭，這是身體，原來這是尾，這是鰭……」阿固和阿願都在阿亮身上看見自己。

「你願意一直當我的鏡子嗎？」「我願意！」「為什麼？」「因為你就是我的鏡子。」

你們彼此看來看去，從頭看到尾，從尾再看到頭，原來到處都是鏡子，原來到處都看得見自己。

有一次，你們班游淺一點，同學們眼睛一起往上看，看見你們頭頂是一大片湧動不息的大鏡子。你們從這面軟動的鏡子裡，第一次真正看見自己，也第一次同時看見動來動去密密麻麻的全班同學。

一邊游一邊上課一邊長大，你們沒有課本，也不需要筆記本做筆記，沒有早自習，不用寫功課，沒有臨時測驗也沒有學期考試。

當你們的游泳能力愈來愈強，第三節課就開課了。這節課的課目名稱只有簡單兩個字：「跟上」。

這節課很重要，因為跟不上的同學，可能就永遠下課了。

因為很重要，所以同學們互相鼓勵，大家一起連續喊三遍：「跟上！跟上！跟上！」

「好像在呼口號欸。」

「對啊，除了自己要記住，還要隨時相互提醒。」

「因為教室外不是很安全，所以這節課教大家，無論如何一定要跟上班級團體。」

「要怎麼做才能一直跟上呢？」

「其實並不難，就是用力擺動尾鰭，讓自己游快一點，當然，不能自己游自己的，一定要跟著班級團隊的前進而前進，跟著班級團隊的轉彎而轉彎。」

「那有沒有誰來喊，『預備』和『開始』？」

「不是用喊的，水裡頭喊破喉嚨也沒有用，要用感覺，我們身體兩側各有一條敏感帶，同學們一起游動時，大家都能用這條側線來感覺水流和水壓的變化。你感覺到了嗎？」

「有喔，很清楚。」

「這就是我們的『預備』和『開始』！」

同學們互相討論，有感覺的教沒感覺的，直到大家都有了感覺，直到大家都懂得何時該使勁、該用力，直到同學們都懂得起跑後就要不停地相互提醒，「跟上！跟上！跟上！」自然而然很快就到了現實的第四節課：「犧牲」。

「課程內容似乎愈來愈沉重。」幾次「跟上！跟上！跟上！」的重訓課程，而且失去不少個沒有跟上的同學後，阿提有感而發。

「是這樣的，我們必須及早認知教室外的世界既現實又殘酷，最簡單的形容就是『吃來吃去』。」身材結實的阿晃安慰心情沉重的阿提。

「是沒錯啦，我們需要食物才能活，我們肚子餓就必須吃。」阿提低聲喃喃。

「那誰是我們的食物？」阿晃問。

「好像是別的班級。」

「所以，同理應該是這樣，我們班也會是別的班級的食物。」

「是喔。」

「所以沒跟上團體的同學，我們應該感謝，感謝他們的犧牲換來我們生存的機會。」

很快的，學期末了，你們沒有暑假，沒有寒假，緊接著第二學期開學。

課程名稱——生活就是學習。

課程內容——活多久，學多久。

過鹹水

阿料船長用小型圍網捕魚，近年來，漁獲狀況掉很大，有好幾趟作業，連油錢都不夠，出海簡直白忙一場，根本無采工。

阿料船長於是找阿白來幫忙。

「這必須跟著你到海上看你作業一趟，才能診斷出你抓不到魚的原因。」阿白是漁業專家，研究漁業多年，目前開了一家「大白漁魚診所」，專門為捕不到魚的漁民診斷並開立處方。當然，這趟跟著阿料出診，除了不低的診療費，還得加上海上實地勘察的海上出差特別費。

「你這樣當然抓不到魚。」看過阿料船長下網後，阿白單手摸摸下巴鬍渣，若有所思地說了句。

「怎麼說呢？哪個部分出差錯了？」

「沒有錯，只是因為水面下已經沒有魚了，怎麼可能抓得到魚。」

「你怎麼知道水底下沒有魚了？」

「這二十年來，這片海域的漁獲統計資料我診所裡都有，根據大數據來看，幾乎是直線下滑，沒有魚是正常現象，在這片海域若是抓得到魚才奇怪咧。」

「費那麼大工夫、花那麼多費用請你來海上，就為了聽你講這些五四三？」阿料船長一臉青筍筍（tshenn-sún-sún），用快要發作的語調說。

「別動氣，別動氣，動氣就輸了，聽我說，請聽我說。」阿白趕緊安撫阿料船長。多年來跟這些討海人接觸，阿白覺得自己相當了解他們的性情，比起了解魚和漁還要多一些。

安撫幾句後，阿白繼續說：「大環境已經如此，你們討海這麼多年，最會的不就是『變竅（piàn-khiàu）』嗎？你們不是有句話說『堵啥密風湧，駛啥密船』（tú-siánn-mih-hong-ing, sái-siánn-mih-tsûn）？一模一樣的意思啦。」

「我就不客氣直接說了，花大錢請你來海上出診，不是出來聽你哈啦，不是出來聽你講這些有的沒的。」

「是，是，是，那我就直接講重點了，聽好了，目前大環境是養殖漁業遠勝過沿近海捕撈漁業，所以……」

「那是『他們』，是『他們』！」阿料打斷阿白的胡謅氣憤地說：「今天請你來是要聽你說『我』，是要聽你說『我』討海該怎麼抓得到魚，該怎麼生活下去，不是『他們』怎樣怎樣的。」

「了解，了解，聽好了，請聽好了，」阿白伸手拍了拍阿料的肩膀說：「我的處方，我的意見是，我幫你牽線，每次你出航前，我會安排好，先祕密送幾箱便宜的『箱仔魚（養殖魚）』到你船上，你就帶這幾箱魚到海上去『過個鹹水』，回港後就是高價的『現撈仔』。現撈魚啊，量少價高，你就輕鬆地開船出去繞一圈回來，魚價沒翻倍，至少也貴個兩三成，神不知鬼不覺地賺取差價，比起自己趕早趕晚大粒汗小粒汗（tuā liàp kuānn, sè liàp kuānn）地辛苦作業好賺太多了。」

「這樣不是欺騙嗎？」

「啊，你海上待太久了是不是？跟社會已經脫節了啊，你不知啊，現代漁業已經完全轉向商業靠攏，除了講究包裝、講究策略還要懂得行銷，現代漁業已經被戲稱為『愚業』，意思是愚弄消費者不懂海不懂魚的海洋產業之一，也不是到處都能這樣騙。不，不，我的意思是，是我們這個社會比較特殊，比較適合進行這種『愚業』行為。」

「為什麼適合？」

「第一，我們社會民風善良；第二，我們社會普遍傻傻分不清買的魚是養的、是抓的，還是進口的；第三，我們社會最美麗的光景其實是魚不是人。」

「好像有點道理。」阿料心想。

「啊你如果海上風景閒閒看膩了想休息一天，也可以發訊息對外宣稱，你『網開一面，讓魚得到生養休息的機會』……有錢賺又有名聲，天下哪有這麼好的『愚業』？」

「是有道理，只是你剛才說的這處方，在岸上就可以開出來啊，何必神祕兮兮地到海上才說出來呢？」

「啊，被你看出來了，呵呵呵，我也是要吃飯的嘛。岸上看診有岸上的價碼，海上有海上的嘛，政府正在推行海洋教育，過個鹹水，換個角度，價值就不一樣了，不是嗎？」

滿水號

阿國船長體格粗壯，四方臉，又曬得黑黑的，表面看起來三分嚴肅七分古板，其實，如船隻走在浪峰，阿國船長常常走在新浪潮前端。

同港大多數漁人的手機才普遍進化到3G，阿國船長跟風大膽，他手上的早已追進5G。他特別喜歡科技新玩意，最新航海儀器RD水探儀才剛上市，他就領先全港使用在他的船上，他的船也是國內第一艘使用全球UTB通訊系統的沿海漁船。

這次，阿料受邀搭乘阿國船長的新船「滿水號」試航。

阿料依約來到碼頭，看到新船的實際狀況，真是嚇了一大跳。繫綁在碼頭邊的「滿水號」，看起來比起其他傳統漁船矮了半截，或者這麼形容，阿國船長的滿水號，其實整艘船都裝滿了水，簡直是半沉狀態。

滿水號甲板上的水滿到舷欄邊，整艘船就像一只浴缸放滿了水，半沉於海面，看起來還幾分像是專門給遊客看海底風景的半潛艇觀光船。

阿國船長看到碼頭上的阿料，從駕駛艙涉水走了出來，在「淹滿水」的甲板上他捲著褲管划著腳步向碼頭邊走近。嘩嘩水波和水聲中，阿國船長走到船舷邊抬頭跟愣在碼頭上的阿料說：「如何，很酷吧？」

「這樣當然很cool，只是，只是，你確定……」

「很確定，我完全明白你的懷疑，別小看，這艘船可是人類發明船舶以來，航海思維上最大的突破。」這時，忽然從堤外吹來一陣海風，滿水號上的「積水」，竟然也跟著微波蕩漾了起來。

「下來啊！」阿國船長向阿料勾了幾下手掌。

「該不該上這一艘已經半沉的新船？」阿料心底猶豫，但阿國船長又頻頻招手，真的是有點盛情難卻。

「放心啦，」阿國船長似乎清楚阿料的猶豫，他說：「讓船隻半蹲在水裡，完全避開海風的影響，是這種新船設計上最偉大的亮點。」

「無風不起浪，但，有風就有浪呀……」

「對，我能明白你的顧慮，這種新船設計的第二個亮點，就是船身融於浪，融於海，跟一條魚一樣，融身在水裡生活，你說，魚會怕水、怕浪、怕海嗎？」

「好像有點道理，」阿料不自覺點了點頭。但他還是覺得阿國船長這樣的說法哪裡怪怪的。阿料仍然留在碼頭上問：「船身浸在水裡，這樣，航行時水阻不是很大嗎？這樣的船，開得動、開得快嗎？」

「你放心，這艘船的流線設計完全模仿鯊魚，知道嗎？你的問題好像在問我，鯊魚游得動、游得快嗎？」

「好嘛，好嘛，那動力問題呢？引擎泡在水裡的問題如何解決呢？這種船又如何加油？」

「啊，時代不同了，你的思維明顯還停留在內燃機時代，這艘船用的是『水引擎』，它能收集船邊的波浪能、海流能、湧浪能，整合出這艘船需要的所有動能，海水中的這些動能永續不竭，簡單說，海水就是滿水號源源不絕的燃料。」

這時，滿水號前方，剛好有艘漁船解纜出航，引擎爆噪、滿嘴烏煙，整個港域因為這艘船的離港動作而被擾動得水面上上、下下一陣紛紛擾擾。

「注意看！」阿國船長提醒阿料注意觀察滿水號對這一陣騷動的反應。滿水號果真安穩安靜，似乎完全不受這波騷動的影響。

「注意觀察，注意看，滿水號的水引擎喝水一樣正在接收鄰船釋放的動能。」

「哇！真是大開眼界，真是一艘超現代的船舶，只是，我還是有個小小問題要問。」

「沒問題，儘管問。」

「抓到的漁獲，要怎麼處裡呢？甲板上只有積水，沒有漁艙，也沒有冰艙對吧？」

「抓上來的魚隨便扔就可以，整艘船的空間都可以讓漁獲在甲板上自由地游來游去啊，可以這麼說，整艘船都是活水艙，每一條漁獲保證回到港後一樣青鱗鱗、活跳跳，都是現撈的新鮮貨，哪需要漁艙和冰艙。」

阿料差不多完全被說服了，他蹲下來在碼頭上解開鞋帶，然後站起身來捲起褲管，準備登船……最後，最後，臨登船前，阿料還是遲疑了最後一下。

不是不勇敢，不是不願意冒險，也不是怕弄濕了褲管，阿料只是忽然覺得，「無論如何，船隻應該是浮於水，而不是裝滿水。」

海陸之間

許多年、許多年以後，海裡的魚變得愈來愈精明也愈來愈多，因為沒有任何一種魚想一直留在食物鏈底層，因為沒有任何一種魚想要一生下來就注定是他者的食物，各種魚都紛紛演化出更有效率的攻擊和脫逃能力。

於是，大海中原本維持生態平衡的食物鏈關係，可說是完全被打亂了，並處於重新整理的狀態。

魚族間的競爭愈來愈激烈，海洋生態逆轉，鯨豚等海洋哺乳動物或企鵝等海鳥都變成是魚族的食物，早已絕跡。海水裡的食物愈來愈不容易獲得，於是，魚族們的腦筋開始動到陸地上頭。有些魚族從離岸海域遷徙到河口附近，他們在這沿海水域等待河川帶下來的陸地食物，特別是當陸地發生天災人禍的大災難時刻。

有些魚族，發展出比刀鋒更銳利的牙齒；有些則發展出如劍一樣的嘴喙；有些是在鰭端長出鋒利的硬棘；有些更是將毒刺藏在鰭尖，隨時扎一針讓對手麻痺。這些演化，將魚族的身體結構從原來的防禦性大幅提升為攻擊性功能。

魚族間相互攻擊時，咬噬、掃擺、劈砍、發射暗器……一點也不手軟。因為食物競爭，魚族們大量來到沿岸海域，伺機攻擊落水的任何陸地動物。

必要下海執行業務的從業人員，無論是海軍、海巡、水手以及各種海洋專業人員，都必須接受三個月的特訓，才能獲得出海許可。特訓內容除了各種不同的專業能力外，還加上體能訓練及各種武器使用的特戰課程。所有大小船舶為了防止魚族攻擊，紛紛將船殼增厚，並將船舷如壁壘般升高。

除了與海相關的行業必須跟著時勢調整，人類社會種種辦法也因為魚族的進化而做了不少增修。海邊重新成為禁區，非公務必要，嚴格管制閒雜人員接近或進出。

海洋音樂季，早已不在海邊吶喊，為了避免意外，活動場地紛紛後撤二十公里，改在人造模擬沙灘上舉辦。到海邊觀賞日出或晚霞景觀，或是一年一度迎接曙光等活動，都只能登高在岬頂進行。海洋教育、海洋素養、海洋文化、海洋藝文，因接觸海的形式改變，名稱都調整成海戰教育、海戰素養、海戰文化和海戰藝文。許多學校原來與海有關的校名或相關科系，也因而改成海戰大學和以海洋戰鬥為名稱的科系。

司法部門對於死刑犯不再費心處理，執行時只要為死刑犯打個麻醉劑，然後直接推落海裡，交給沿海魚族們來行刑。

養殖漁業因屢生意外而崩盤後，陸地上的畜牧和農業即使全力生產也無法供應人類食物的基本需求，生存壓力下，海域採捕漁業仍然得繼續維持。但因為魚族進化，漁船的作業方式必要大幅調整，傳統使用網具、釣具、誘籠等漁具的漁業，已完全被槍砲漁業所取代。每趟漁撈都像戰爭一樣，漁人戴盔穿甲，手持漁業用特製槍械，準備隨時進行漁撈射擊。

海巡單位的出入航管制，不再是清點出海人數、核實身分證字號，或檢查救生衣等等如兒戲而無實質意義的表面工作，如今都變成是，如戰場經營般嚴格管控進出人員。「沒事不要外出，一失足成千古恨。」成為現代船長提醒船員的口頭禪。

海域休閒活動幾乎絕跡，唯一剩下的是一年一度的東灣鐵人超限賽。東灣內凹，南岬、北岬間直線距離約五公里，參賽選手一身盔甲，全副武裝，持鋼刀槳（可當划槳，也是擊魚武器），划舟身鋼板六釐米厚的坦克舟，橫越海灣。競賽排名，除了船速計時外，還加上擊魚次數為統合成績。

海洋加強戒嚴，海島周圍築起萬里長牆，五公里間隔設置一所班哨監看海域，白日以瞭望為主，夜裡以紅外線望遠鏡加上探照燈掃視監控。如今，儘管敵方人艦入侵的可能性大幅降低，但為了防止魚族搶灘襲擾，還是得維持過去嚴峻森嚴的海禁跟海防政策。

魚夢魚：阿料的魚故事　看世界的方法213

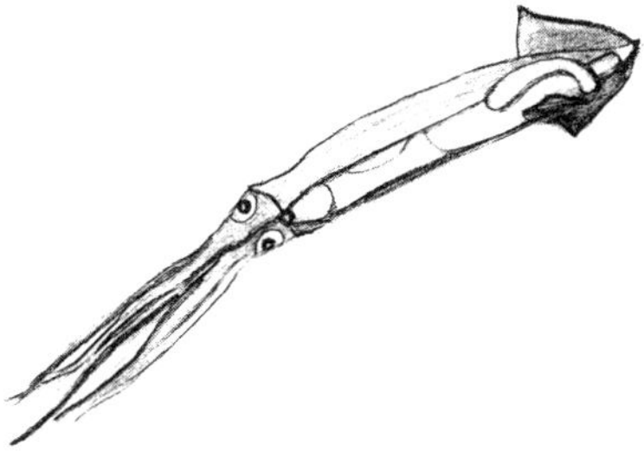

文字——廖鴻基
插畫——Olbee
裝幀設計——吳佳璘
責任編輯——施彥如
協力編輯——魏于婷

董事長——林明燕
副董事長——林良珀
藝術總監——黃寶萍
執行顧問——謝恩仁

社長——許悔之
總編輯——林煜幃
副總編輯——施彥如
美術主編——吳佳璘
主編——魏于婷
行政助理——陳芃妤

策略顧問——黃惠美·郭旭原
郭思敏·郭孟君
顧問——張佳雯·施昇輝·林子敬
謝恩仁·林志隆
法律顧問——國際通商法律事務所
邵瓊慧律師

出版——有鹿文化事業有限公司｜台北市大安區信義路三段106號10樓之4
T. 02-2700-8388｜F. 02-2700-8178｜www.uniqueroute.com
M. service@uniqueroute.com

製版印刷——鴻霖印刷傳媒股份有限公司

總經銷——紅螞蟻圖書有限公司｜台北市內湖區舊宗路二段121巷19號
T. 02-2795-3656｜F. 02-2795-4100｜www.e-redant.com

ISBN——978-626-95726-6-3
EISBN——978-626-96162-1-3
初版——2022年6月

定價——400元

國家圖書館出版品預行編目 (CIP) 資料

魚夢魚 : 阿料的魚故事

廖鴻基 文字 . Olbee 插畫 一初版．一 臺北市：有鹿文化，

2022.6．面；14.8×21 公分—（看世界的方法 ; 213）

ISBN 978-626-95726-6-3（平裝） 1. 華文創作

863.57 111005093